BASTEI
LÜBBE

Taschenbücher von ROBERT ASPRIN
im BASTEI-LÜBBE-Programm:

20 084 Ein Dämon auf Abwegen
20 085 Ein Dämon kommt selten allein
20 086 Ein Dämon macht noch keinen Sommer
20 109 Dämonen-Futter
20 110 Ein Dämon mit beschränkter Haftung
20 137 Ein Dämon für alle Fälle
20 144 Ein Dämon dreht durch

Geschichten aus der Diebeswelt
20 089 Die Diebe aus Freistatt
20 091 Der blaue Stern
20 093 Zum wilden Einhorn
20 095 Die Rache der Wache
20 098 Die Götter von Freistatt
20 101 Verrat in Freistatt
20 107 Krieg der Diebe
20 113 Hexennacht
20 122 Sturm über Freistatt
20 140 Armeen der Nacht
20 149 Die Farbe des Zaubers

Robert Asprin

Ein Dämon für alle Fälle

Fantasy-Roman

Ins Deutsche übertragen
von Ralph Tegtmeier

BASTEI
LÜBBE

BASTEI LÜBBE TASCHENBUCH
Band 20 137

1. Auflage: März 1990
2.Auflage: September 1990
3. Auflage: Mai 1993
4. Auflage: Juli 2000

Vollständige Taschenbuchausgabe

Bastei Lübbe Taschenbücher
ist ein Imprint der
Verlagsgruppe Lübbe

Deutsche Erstveröffentlichung
Titel der amerikanischen Originalausgabe:
M.Y.T.H. Inc. Link

Lektorat: Michael Schönenbröcher
Titelillustration: Tim Hildebrandt
Umschlaggestaltung: QuadroGrafik, Bensberg
Druck und Verarbeitung:
Brodard & Taupin, La Flèche, Frankreich
Printed in France

ISBN 3-404-20137-X

Kapitel 1

Die Kleinkriminalität ist die Geißel
der heutigen Wirtschaft.
Messer-Ede

Unsere neuen Büroräume gefielen mir tatsächlich besser als die alten. Obwohl Aahz sehr eindringlich argumentiert hatte, daß wir das *Faire Chancen* als Bar (sprich ›Absahnschuppen‹) beibehalten sollten, hatte sich der Rest von uns gegen ihn verbündet und darauf bestanden, daß es sinnvoller sei, das eigene Gebäude, das wir bereits besaßen, in Büros zu verwandeln, als unsere Geschäfte ständig von zu Hause aus abzuziehen. Ich meine, wen verlangt es schon nach Fremden, die die ganze Zeit ins eigene Privatleben eindringen? Das hatte uns schon einmal in Schwierigkeiten gebracht, und es war die Erinnerung an diese Eskapade, die meinen ehemaligen Mentor schließlich davon überzeugte, dem Plan zuzustimmen.

Natürlich erwies sich der Umbau als viel größerer Aufwand, als ich erwartet hatte, selbst nachdem wir einen der örtlichen Tempel dazu gebracht hatten, die Zimmermannsarbeiten für uns zu erledigen. Obwohl sie zu Niedriglöhnen arbeiteten, waren sie doch teurer, als ich mir vorgestellt hatte, und die vielen Stunden, die sie … aber ich schweife ab.

Ich hatte jetzt ein großes Büro, mitsamt einem Schreibtisch, einem Eingangskorb, Tagesplaner, Besuchersesseln, die ganzen drei Meter waren ausgefüllt. Wie ich schon sagte, es gefiel mir sehr. Was mir weniger gefiel, das war der Titel, der dazu gehörte … will sagen, Präsident.

Genau. Alle hatten darauf beharrt, daß ich, da es ja schließlich meine Idee gewesen war, unsere fröhliche Bande von Freaks unter einen Hut zu bringen, der logische Kandidat für das Amt des Präsidenten der ganzen Organisation sei. Selbst Aahz übte Verrat an mir und verkündete, daß dies eine hervorragende Idee sei, obwohl es mir schien, als würde er dabei tatsächlich ein Feixen verbergen. Wenn ich gewußt hätte, daß mein Vorschlag einmal solche Folgen haben würde, hätte ich wahrhaftig den Mund gehalten.

Verstehen Sie mich nicht falsch, unser Team ist großartig! Wenn ich irgendeine Gruppe leiten wollte, könnte ich mir keinen netteren, loyaleren Haufen wünschen. Natürlich gibt es ganze Scharen von Leuten, die das bezweifeln würden. Denn ein Troll, eine Trollin, zwei Gangster, eine Mobmieze und ein Perverser … Entschuldigung, Perfekter … ein übergewichtiger Vamp und ein Babydrachen mögen dem Durchschnittsbürger vielleicht nicht gerade wie ein ideales Team erscheinen. Ich selbst habe das ja damals auch nicht anders gesehen, als ich sie kennenlernte. Und doch sind sie es in den vergangenen Jahren nie müde geworden, mich zu unterstützen, und gemeinsam können wir eine beeindruckende Leistungsbilanz aufweisen. Nein, lieber bleibe ich bei meiner Dämonenbande, so merkwürdig es auch sein mag, als mein Schicksal irgendeinem anderen anzuvertrauen, so qualifiziert er auch erscheint. Allenfalls mache ich mir gelegentlich Gedanken darüber, was sie wohl von *mir* halten, und wünsche mir, ich könnte in ihre Köpfe hineinspähen, um ihre Meinung zu erfahren. Wie immer sie darüber denken mögen, auf jeden Fall bleiben sie dabei ... und das ist es schließlich, was zählt.

Es ist nicht die Crew, die mich nervös macht – es ist der Titel. Denn seit ich denken kann, war ich immer der Meinung, daß ein Führer bildlich gesprochen ständig mit einer auf den Rücken gemalten Zielscheibe herumläuft. Bei diesem Job muß man nicht nur für sich selbst, sondern auch für andere sorgen und auf der Hut sein. Geht irgend etwas schief, wird man gleich zur Verantwortung gezogen. Selbst wenn jemand anders die Panne verursacht hat, muß man als Anführer dafür geradestehen. Klappt aber zufälligerweise mal etwas, dann fühlt man sich nur schuldig, weil man die Lorbeeren eines anderen einheimst. Alles in allem erscheint mir das als undankbare Position, die ich viel lieber an einen anderen delegiert hätte, während ich selbst im Felde meinen Spaß gehabt hätte. Leider schienen alle anderen aber der gleichen Auffassung zu sein, und als unerfahrenstes Mitglied der Mannschaft war ich weniger geschickt gewesen, mir Gründe dafür auszudenken, den Posten abzuwimmeln, als die anderen. Und so wurde ich schließlich Präsident unserer Firma, eines Bundes von Magiern und Katastrophenexperten, die es sich zum Ziel gesetzt hatten, anderen zu helfen und dabei gleichzeitig Geld zu machen.

Unser Hauptquartier befand sich im Bazar von Tauf, einem weitbekannten Treffpunkt für die Abwicklung magischer Geschäfte, der auch eine Kreuzung zwischen den Dimensionen darstellte. Wie man sich vorstellen kann, gab es an einem derartigen Ort niemals Mangel an Arbeit.

Ich hatte mich gerade für den Morgen eingerichtet, als es leise an meiner Bürotür klopfte und Bunny den Kopf hereinsteckte.

»Beschäftigt, Boß?«

»Na ja ...«

Sie war schon wieder verschwunden, noch bevor ich eine vage Antwort formulieren konnte. Das war nichts Ungewöhnliches. Bunny fungierte als meine Sekretärin und wußte stets besser über meinen Terminplan Bescheid als ich. Ihre Anfragen waren mehr ein Ausdruck der Höflichkeit oder der Versuch der Kontrolle, um sicherzugehen, daß ich nicht gerade irgend etwas Würdeloses tat, bevor sie einen Klienten ins Büro bat.

»Der Große Skeeve wird Sie jetzt empfangen«, sagte sie und machte eine pompöse Geste in Richtung ihres Schützlings. »Für die Zukunft möchte ich Ihnen raten, vorher lieber einen Termin zu vereinbaren, damit Sie nicht warten müssen.«

Der Täufler, den Bunny gerade hereinführte, wirkte ein wenig schleimig, selbst für einen Täufler. Seine leuchtend rote Haut war von ungesund wirkenden rosa Flecken übersät, und seine Miene war zu einem permanenten Lechzen verzerrt, das er auf Bunnys Rücken richtete, als sie das Zimmer verließ.

Nun läßt sich nicht leugnen, daß Bunny eines der attraktivsten weiblichen Wesen ist, denen ich je begegnet bin, aber an der Aufmerksamkeit, die dieser Knilch ihr gewährte, war etwas Unangenehmes. Ich mußte mir Mühe geben, eine aufkeimende Abneigung dem Täufler gegenüber zu unterdrücken. Klient war Klient, und wir waren schließlich hier im Geschäft, um Leuten zu helfen, die in Schwierigkeiten steckten, und nicht, um moralische Werturteile über sie zu fällen.

»Kann ich Ihnen helfen?« fragte ich und blieb dabei höflich.

Damit gewann ich die Aufmerksamkeit des Täuflers und streckte eine Hand über den Schreibtisch.

»Sie sind also der Große Skeeve, wie? Freut mich, Sie kennenzulernen. Habe schon einige gute Sachen über Ihre Arbeit gehört. Sagen Sie mal, Sie haben aber eine Mordsfirma hier! Besonders gefällt mir das süße Hühnchen, das bei Ihnen als Empfangsdame arbeitet. Könnte mir glatt in den Sinn kommen, sie Ihnen abzuwerben. Dieses Mädchen sprüht offensichtlich nur so vor Talent.«

Wie ich sein Lechzen und Augenzwinkern sah, konnte ich es irgendwie nicht über mich bringen, seine Hand zu schütteln.

»Bunny ist meine Verwaltungsassistentin«, sagte ich vorsichtig. »Außerdem ist sie Mitaktionärin in der Firma. Sie verdient sich ihre Stellung mit ihren Fähigkeiten und nicht mit ihrem Äußeren.«

»Darauf möchte ich wetten«, zwinkerte der Täufler erneut. »Die Fähigkeiten würde ich gerne irgendwann einmal näher kennenlernen.«

Das entschied die Sache.

»Wie wäre es sofort?« Ich lächelte und sprach etwas lauter: »Bunny? Könntest du wohl mal einen Moment hereinkommen?«

Fast im selben Augenblick war sie schon da und ignorierte das Lechzen des Täuflers, während sie auf meinen Schreibtisch zukam.

»Ja, Sir?«

»Bunny, du hast vergessen, mir das Dossier über diesen Klienten zu geben. Wer ist er?«

Sie hob eine Augenbraue und schoß dem Täufler einen Seitenblick zu. Es geschah nur selten, daß wir unsere Vorbereitungsgespräche in Gegenwart des Klienten selbst führten. Unsere Blicke trafen wieder aufeinander, und ich nickte leise, um meine Aufforderung zu bekräftigen.

»Sein Name ist Bane«, sagte sie mit einem Achselzucken. »Über ihn ist bekannt, daß er hier im Bazar einen kleinen Laden führt, der kleinere magische Neuigkeiten und Geräte verkauft. Sein Jahresumsatz aus diesem Geschäft liegt im unteren sechsstelligen Bereich.«

»He! Das ist aber ziemlich gut«, grinste der Täufler.

Bunny fuhr fort, als hätte sie ihn nicht gehört.

»Darüber hinaus besitzt er noch drei weitere Unternehmungen und ist Mitinhaber von einem Dutzend anderer. Am beachtenswertesten ist dabei eine Magiefabrik, die die Geschäfte in dieser und in anderen Dimensionen beliefert. Sie befindet sich in einer Unterdimension, zu der man durch sein Ladenbüro Zutritt erhält, und beschäftigt mehrere hundert Arbeiter. Der geschätzte Umsatz allein dieser Fabrik bewegt sich jährlich im mittleren siebenstelligen Bereich.«

Der Täufler hatte aufgehört zu lechzen.

»Woher wissen Sie das?« ächzte er. »Das sollte doch eigentlich ein Geheimnis sein!«

»Außerdem hält er sich für einen Weiberhelden, aber es gibt nur wenig, was diese Behauptung belegen könnte. Die Begleiterinnen, mit denen man ihn in der Öffentlichkeit sieht, werden dafür bezahlt, und keine von ihnen ist bisher jemals länger als eine Woche bei ihm geblieben. Es hat den Anschein, als würde das Geld seinen abstoßenden Charakter nicht wettmachen können. Was die Ernährung angeht, so hat er eine Schwäche für Brokkoli.«

Ich lächelte den zusammengesackten Täufler an.

»... und *das*, mein Herr, ist das Talent, mit dem

Bunny sich ihre Stellung verdient hat. Hat Ihnen die Kostprobe zugesagt?«

»Beim Brokkoli hat sie sich geirrt«, erwiderte Bane matt. »Ich hasse Brokkoli.«

Ich richtete eine erhobene Augenbraue an Bunny, die mit einem Zwinkern antwortete.

»Ist notiert«, sagte sie. »Gibt es noch irgend etwas zu tun, Boß?«

»Bleib ruhig da, Bunny. Wahrscheinlich werde ich deine Hilfe brauchen, um Mr. Bane einen Kostenvoranschlag für unsere Dienstleistungen zu machen ... falls er jemals dazu kommen sollte, uns mitzuteilen, welches Problem er hat.«

Diese Bemerkung schien den Täufler aus seiner Trance zu holen.

»Ich werde Ihnen sagen, was mein Problem ist! Miß Bunny hatte völlig recht, als sie sagte, daß meine Magiefabrik mein wichtigstes Unternehmen ist. Das Problem ist, daß irgend jemand mich gnadenlos ausraubt! Damit verliere ich ein Vermögen!«

»Wieviel Prozent Verlust?« fragte Bunny, plötzlich aufmerksam geworden.

»Es geht auf vierzehn Prozent zu ... gegenüber sechs im letzten Jahr.«

»Sprechen wir jetzt vom Endverkaufs- oder vom Herstellungspreis?«

»Herstellungspreis.«

»Wie hoch ist Ihr tatsächliches Verlustvolumen?«

»Unter acht Prozent. Die wissen genau, an welche Gegenstände sie sich heranmachen sollen. Alles, was klein, aber teuer ist.«

Ich lehnte mich zurück und versuchte weise auszusehen. Im Laufe des Gesprächs war ich bereits zwei Runden ins Hintertreffen geraten, aber da Bunny zu wissen schien, was sie tat, überließ ich die Gesprächsführung ihr.

»Jeden, den ich bisher zu Nachforschungszwecken hingeschickt habe, haben sie schon als Industriespion entlarvt, noch bevor er überhaupt Platz nehmen konnte«, sagte Bane gerade. »Nun habe ich gehört, daß Ihre Mannschaft Kontakte zum organisierten Verbrechen hat, und da habe ich mir gedacht …«

Er brachte den Satz nicht zu Ende und zuckte die Schultern, als wäre es ihm zu peinlich weiterzusprechen.

Bunny sah zu mir herüber, und ich merkte, daß sie versuchte, ein Lächeln zu unterdrücken. Sie war die Nichte von Don Bruce, dem Guten Paten des Mobs, und es amüsierte sie immer wieder, wenn sie der fast abergläubischen Ehrfurcht begegnete, die Außenseiter gegenüber der Organisation ihres Onkels hegten.

»Ich glaube, wir können Ihnen helfen«, sagte ich vorsichtig. »Natürlich wird das etwas kosten.«

»Wieviel?« konterte Bane und richtete sich auf etwas ein, was in allen Dimensionen als Spezialität der Täufler gilt – aufs Feilschen.

Bunny antwortete, indem sie schnell etwas auf ihrem Block notierte, das Blatt abriß und es Bane reichte.

Der Täufler beäugte es und erbleichte zu einem hellen Pink.

»WAS!?! Das ist ja Raub, und das wissen Sie auch!«

»Nicht, wenn man bedenkt, was die Verluste Sie kosten«, erwiderte Bunny lieblich. »Ich werde Ihnen etwas anderes vorschlagen. Wenn es Ihnen lieber ist, bezahlen Sie uns mit einem Anteil an Ihrer Fabrik … sagen wir mit der Hälfte des prozentualen Diebstahlrückgangs, nachdem wir den Fall übernommen haben?«

Im Laufe von wenigen Herzschlägen verwandelte Banes Farbe sich von Pink in ein vulkanisches Rot.

»Also gut! Abgemacht ... zum ursprünglichen Angebot!«

Ich nickte leise.

»Schön. Dann werde ich sofort zwei Agenten auf die Sache ansetzen.«

»Einen Augenblick mal! Da soll ich derart exorbitante Preise zahlen und bekomme dafür nicht einmal die Dienstleistungen des Chefhexers? Was wollen Sie denn eigentlich hier für eine Nummer abziehen? Ich bestehe ...«

»Der Große Skeeve steht hinter jedem Vertrag unserer Firma«, unterbrach ihn Bunny. »Wenn Sie seine persönlichen Dienstleistungen in Anspruch nehmen wollen, macht das einen erheblich höheren Preis aus ... sagen wir einmal die Aktienmehrheit?«

»Also gut, also gut! Ich habe verstanden!« sagte der Täufler. »Schicken Sie Ihre Agenten. Aber die sollten auch was taugen. Bei diesen Honoraren erwarte ich Ergebnisse!«

Mit diesen Worten stampfte er aus dem Raum, schlug die Tür hinter sich zu und ließ Bunny und mich allein zurück.

»Wieviel hast du denn von ihm verlangt?«

»Nur unsere übliche Rate.«

»Wirklich?«

»Na ja ... Ich habe allerdings noch einen kleinen Bonus aufgeschlagen, weil ich ihn nicht mochte. Irgendwelche Einwände?«

»Nein. Ich war nur neugierig.«

»Sag mal, Boß, hättest du was dagegen, wenn ich

bei der Sache mitmachte? Es dürfte nicht zu lange dauern, und ich bin ein wenig neugierig geworden.«

»In Ordnung ... aber nicht als Einsatzleiterin. Ich will dich nämlich auch wieder abziehen können, falls es hier im Büro haarig werden sollte. Soll dein Partner die Sache leiten.«

»Kein Problem. Und wer soll mein Partner sein?«

Ich lehnte mich in meinem Sessel zurück und lächelte.

»Kannst du dir das nicht denken? Der Klient wünscht organisiertes Verbrechen, also *bekommt* er auch organisiertes Verbrechen!«

GUIDOS BERICHT

»Guido, bist du ganz *sicher*, daß du deine Anweisungen richtig verstanden hast?«

Das ist Bunny, die da spricht. Aus irgendeinem Grund hat der Boß es für richtig gehalten, mich für diesen Auftrag ihr zuzuweisen. Da habe ich nichts gegen, denn Bunny sieht mehr als köstlich aus und hat außerdem viel mehr Grips im Kopf als ich. Und so etwas kann ich nicht von vielen Leuten sagen, ob es Burschen sind oder Puppen.

Die einzige Schwierigkeit, die ich bei dieser Mannschaftszusammensetzung sehe, ist die, daß Bunny, so toll sie auch ist, dazu neigt, bei jedem Job herumzunörgeln. Das liegt daran, daß sie mit einem bestimmten Problem belastet ist, nämlich, daß sie ein Auge auf den Boß geworfen hat. Nun wissen wir das ja alle, denn das konnte man sofort erkennen, schon vom ersten Tag an, als die beiden einander begegnet sind. Selbst der Boß hat das gesehen, und das heißt schon was, denn wenn ich ihn auch als Organisator bewundere, so ist er leider doch ein bißchen dick zwischen den Ohren, wenn es um Weiberröcke geht. Um euch zu zeigen, was ich meine, will ich nur berichten, daß er auf die Erkenntnis, daß Bunny tatsächlich gewisse Absichten hegte, was ihn anging, damit reagierte, daß er vor Nervosität fast in Ohnmacht gefallen wäre. Und so etwas von einem Typ, bei dem ich mit eigenen Augen gesehen habe, wie er es mit Vampiren und Werwölfen aufnahm, ganz zu schweigen von Don Bruce persönlich, ohne dabei auch nur mit der Wimper zu zucken. Wie ich schon sagte, Miezen sind nicht gerade seine Stärke.

Jedenfalls sprach ich gerade über Bunny und ihr Problem. Es gelang ihr schließlich, den Boß davon zu überzeugen, daß sie es angeblich nicht auf ihn abgesehen hatte und sich nur für eine Karriere als Geschäftsfrau interessierte. Das war natürlich eine schamlose Lüge, was wir alle auch wußten ... obwohl es den Boß anscheinend hinters Licht geführt hat. Selbst dieser grüne Penner Aahz brachte es fertig, zu durchschauen, was Bunny vorhatte. (Das überraschte mich ein bißchen, weil ich immer geglaubt hatte, daß sein Haupttalent nur darin besteht, laute Geräusche von sich zu geben.) Alles, was Bunny tat, war, die Show zu wechseln. Aber ihre eigentlichen Ziele hatte sie nicht aufgegeben.

Das hat aber leider dazu geführt, daß sie nun dem Boß nicht etwa mit Arschwackeln schöne Augen macht, sondern jetzt versucht, seine Bewunderung damit zu erringen, indem sie unter Beweis stellt, was für eine heiße Tante sie doch ist. Das dürfte nicht allzu schwierig sein, da Bunny im Einsatz äußerst gerissen ist, aber wie alle Schnallen hat auch sie das Gefühl, daß sie nur eine beschränkte Zeit zur Verfügung hat, bevor ihr gutes Aussehen aufgebraucht ist, deswegen versucht sie besonders gründlich sicherzugehen, daß sie die Aufmerksamkeit des Bosses erringt.

Das wiederum kann leider in den hinteren Rängen einen Haufen Ärger machen. Sie hat soviel Angst, daß irgend jemand ihre Leistung zunichte machen könnte, daß sie einen erfahrenen Einsatzmann wie mich mit ihrem nervösen Geplapper und dem ständigen Sichergehen den sprichwörtlichen Baum hinaufjagen kann. Aber sie ist eine nette Puppe, und wir stehen alle auf ihrer Seite, also nehmen wir es hin.

»Ja, Bunny«, sage ich.

»Was, ›Ja, Bunny‹?«

»Ja, Bunny, ich bin sicher, daß ich meine Instruktionen richtig verstanden habe.«

»Dann wiederhole sie.«

»Warum?«

»Guido!«

Wenn Bunny diesen Ton annimmt, bleibt einem wenig anderes übrig, als ihr nachzugeben. Das hat teilweise damit zu tun, daß es meine Pflicht ist, meine Mannschaftskameraden während eines Auftrags zu unterstützen, aber auch damit, daß Bunny einen hundsgemeinen linken Haken draufhat, wenn sie das Gefühl hat, daß man ihr Kummer bereiten will.

Mein Vetter Nunzio hat das einmal am eigenen Leib zu spüren bekommen, noch bevor man ihm mitgeteilt hatte, daß sie die Nichte von Don Bruce war; nun hat der aber eine Kiefernlade wie ein Amboß, an der ich mir mehr als einmal die Faust verletzt habe, und so habe ich nicht die geringste Lust, mich auch noch persönlich von der Kraft ihrer Hiebe zu überzeugen, wie er es tat. Daher beschloß ich, ihrer ärgerlichen Bitte zu entsprechen.

»Der Boß will, daß wir rausfinden, wie die Waren in einer bestimmten Firma erfolgreich das Gelände verlassen, ohne daß es jemand merkt«, sagte ich. »Deshalb soll ich mich unter die Arbeiter mischen und festzustellen versuchen, wie das geht.«

»Und ...«, sagt sie und mustert mich finster.

»Und du sollst das gleiche machen, nur unter den Bürohengsten. Nach einer Woche sollen wir uns wieder zusammentun, um unsere Beobachtungen zu vergleichen und um festzustellen, ob wir vielleicht gerade auf dem Holzweg sind.«

»Und ...«, sagt sie wieder und sieht dabei ein bißchen aufgewühlt auf.

An diesem Punkt werde ich eine Spur nervös, denn obwohl sie ganz offensichtlich von mir erwartet, daß ich mit meiner Wiedergabe fortfahre, fallen mir keine Anweisungen mehr ein, die ich nachplappern könnte.

»Und ... hm ...«, sage ich und versuche festzustellen, was ich bloß übersehen habe.

»... und keinerlei Ärger anzufangen!« beendet sie den Satz und sieht mich ziemlich hart an. »Richtig?«

»Ja. Klar, Bunny.«

»Dann sag es!«

»... und keinerlei Ärger anzufangen.«

Jetzt bin ich mehr als nur eine Spur verletzt, weil Bunny es für nötig hält, mich so deutlich auf diesen Punkt hinzuweisen. Denn eigentlich ist es überhaupt nicht meine Art, irgendwelchen Ärger anzufangen. Sowohl Nunzio als auch ich geben uns immer die größte Mühe, unnötige Dispute gewälttätiger Art zu vermeiden, und versuchen im Gegenteil, solchen Schwierigkeiten sofort ein Ende zu setzen, sobald sie uns aufgezwungen werden. Aber ich mache Bunny nicht auf meine verletzten Gefühle aufmerksam, weil ich weiß, daß sie eine tolle Person ist, die es niemals fertigbringen würde, absichtlich das Selbstwertgefühl eines solch sensiblen Menschen wie mich zu verletzen. Sie ist schließlich nur nervös, was den Erfolg des bevorstehenden Jobs angeht, wie ich schon zuvor erläutert habe, und würde sich nur mies fühlen, wenn ich ihr jetzt mitteilte, wie schofel und herzlos sie sich gerade benahm.

In meinem Beruf gibt es viele, die kurz vor einem wichtigen Auftrag eine ganz ähnliche Nervosität unter Beweis stellen. Ich habe mal mit einem Burschen zusammengearbeitet, der die Angewohnheit hatte, vor Beginn eines Auftrags mit einem scharfen Messer herumzufuchteln, noch dazu auf der Haut seiner Kollegen. Man muß einfach Verständnis für die wahren Absichten solcher Typen aufbringen und ihre persönlichen Macken nicht allzu ernst nehmen, wenn sie gerade im Eifer des Gefechts sind. Das ist eines der Erfolgsgeheimnisse, wie wir Burschen von der Exekutive sie schon in jungen Jahren lernen. Wie dem auch sei, ich muß doch zugeben, daß ich selbst ebenfalls ganz schön erleichtert bin, wenn der Job endlich anfängt und ich mich für eine Weile von Bunny trennen kann.

Als Mann in der Arbeitsfront melde ich mich sehr viel früher zur Arbeit als die Bürotypen wie Bunny. Ich weiß zwar auch nicht so genau, weshalb das so ist, aber es handelt sich dabei eben um eine der vielen Ungerechtigkeiten des Lebens … so wie die eigene Warteschlange immer die längste ist, wenn die Leute sich in alphabetischer Reihenfolge aufstellen sollen.

Um mich für meine Untergrundarbeit zu rüsten, habe ich meine normalerweise immer sehr modischen Tuche abgelegt, um mich mehr so zu kleiden wie diese Arbeiterburschen, unter die ich mich mischen soll. Das ist der einzige Teil des Auftrags, der mir unangenehm ist. Denn je erfolgreicher so ein Arbeiterbursche ist, um so mehr kleidet er sich wie ein Bahnhofsvorplatzpenner oder wie eine Vogelscheuche, so daß er aussieht, als wollte er sich gleich im Schlamm wälzen oder als hätte man es gerade mit ihm getan, was in direktem Gegensatz zu dem steht, was ich auf der Berufsschule gelernt habe.

Für jene von euch, die von diesem Informationsfetzen überrascht sein sollten, möchte ich hinzufügen, daß ich tatsächlich eine höhere Ausbildung genossen habe, weil das die einzige Möglichkeit war, den Magistergrad zu erlangen, den ich jetzt innehabe. Wenn ihr euch fragen solltet, und das tun viele, wieso ein Bursche mit derartigen Qualifikationen sich ausgerechnet für meine Art von Arbeit entscheidet, dann kann ich euch zwei Gründe dafür nennen: Erstens bin ich ein geselliger Typ, der es vorzieht, mit anderen Leuten zusammenzuarbeiten; und zweitens fühlt sich mein sensibles Wesen von der Skrupellosigkeit abgestoßen, die doch eine Grundvoraussetzung für das obere Management ist. Es liegt mir einfach nicht, anderer Leute Leben durch Aussperrungen und Fabrikschließungen und Ähnliches durcheinanderzubringen. Da finde ich es sehr viel umgänglicher, gelegentlich mal ein bis zwei Beine zu brechen oder ein Gesicht mit der Faust zu richten, als mit den Langzeitschäden leben zu müssen, die das obere Management im Interesse der jeweiligen Firma anrichtet. Da ich das beneidenswerte Glück hatte, mich schon an einem frühen Punkt in meiner Karriere entscheiden zu können, welchen Weg ich einschlagen wollte, habe ich mich dazu entschieden, lieber ein Befehlsempfänger zu sein als ein Befehlsgeber. Das ist eine saubere Art, sich seinen Lebensunterhalt zu verdienen.

Jedenfalls melde ich mich früh am Morgen zur Arbeit, und man führt mich in der Fabrik herum, bevor ich mich ans eigentliche Werk machen soll. Ich will euch verraten, daß mich dieser Schuppen mehr beeindruckt hat als alles, was ich je gesehen habe. Das ist wie die Nordpolschweißerei von Sankt Nikolaus, nur eben richtig aufgemotzt.

Als ich auf der Oberschule war, habe ich ziemlich viel Comics gelesen. Am meisten haben mich immer die Anzeigen fasziniert, in denen Röntgenbrillen, Furzkissen und Ähnliches angeboten wurde, was ich mir leider nie leisten konnte, weil ich kein untypischer Student war und daher über weniger Geld verfügte als der durchschnittliche Achtjährige. Als ich die Fabrik betrat, erkannte ich plötzlich, daß mir diese Wohltaten schlußendlich doch nicht entgehen sollten, wie ich einst gefürchtet hatte.

Der Schuppen war gewaltig, ich meine *wirklich* groß, und er war von einer Wand bis zur anderen mit Fließbändern und Fässern und Stapeln aus Rohstoffen und mit Kisten vollgestopft, die in Sprachen etikettiert waren, die zu kennen ich nicht privilegiert bin; außerdem waren da noch große Mengen von

Arbeiterburschen, die herumschlenderten und Anzeigen überprüften, Wagen in der Gegend herumschoben und anderweitig mit all jenen Aktivitäten beschäftigt waren, die man vorgaukelt, wenn die Türen offenstehen und einer von der Fabrikleitung auf dem Weg zum Kaffeeautomaten vorbeikommen und mal kurz nachsehen könnte.

Noch beeindruckender aber waren die Güter, die hier hergestellt wurden. Mit einem Blick erkannte ich, daß ich, der Liebhaber billiger Trickapparaturen, tatsächlich gestorben und ins Kinderparadies gelangt war. So uninformiert ich auch war, erriet ich, daß ich hier auf die Hauptquelle all jener Anzeigen gestoßen war, von denen ich gerade sprach, und daß auch die meisten Händler im Bazar, die für den Tourismus arbeiten, von hier ihre Waren beziehen dürften.

Sofort erkenne ich auch das Problem. Da die meisten dieser Waren klein und tragbar sind, kann wahrscheinlich kaum jemand der Versuchung widerstehen, mit ein paar Mustern in den Taschen davonzuspazieren, nicht wahr? Solche Güter könnten selbst einen Heiligen noch in Versuchung führen, und ich bezweifle ernsthaft, daß die Mehrheit der Arbeitertruppe aus denen besteht.

Gleichzeitig gelange ich zu dem Schluß, daß dies meinen Job erheblicher vereinfachen wird, als ich erwartete. Ich denke mir, daß ich mir nur zu überlegen brauche, wie ich selbst ein paar ausgesuchte Gegenstände mitgehen lassen würde, um dann zu schauen, wer ebenso verfährt. Natürlich überlege ich mir auch, daß es sich schickt, mein angenommenes System erst einmal selbst einer Probe zu unterziehen, um gleichzeitig den einen oder anderen Bonus zu ergattern, mit dem ich vor Nunzio dann angeben kann.

Zunächst aber mußte ich mich allerdings darauf konzentrieren, mich als guter Arbeiter einzuführen, damit niemand Verdacht schöpfte, daß ich aus einem anderen Grund hier sein könnte, als um einen ehrlichen Lebensunterhalt zu bestreiten.

Die erste Aufgabe, die man mir zuwies, war für einen Mann von meinen Fertigkeiten und meiner Geschicklichkeit sehr einfach. Ich mußte lediglich auf jeden Zaubergleiter, der per Fließband auf mich zukam, eine Spur Elfenstaub auftragen. Die Hauptherausforderung besteht darin, daß es so wenig wie möglich sein soll, weil Elfenstaub selbst im Großeinkauf noch sehr teuer ist und man dem Kunden ganz bestimmt nicht mehr geben will, als er bezahlt hat.

Dies im Sinne, machte ich mich ans Werk ... nur um festzustellen, daß der Job tatsächlich viel komplizierter war, als ich mir ursprünglich gedacht hatte. Ihr müßt nämlich wissen, daß man Elfenstaub in großen Säcken aufbewahrt, die in der Luft schweben, weil das eben die Eigenschaft von Elfenstaub ist. Als erstes muß man also den Sack daran hindern, davonzuschweben, während man mit ihm arbeitet, was wesentlich schwieriger ist, als es sich anhört, weil der Elfenstaub beinahe stark genug ist, um nicht nur den Sack schweben zu lassen, sondern jeden dazu, der versucht, ihn am Boden zu halten. Zwar ist an jedem Sack zur Verankerung eine Sicherheitsleine befestigt, aber die gibt dem Sack zuviel Spiel nach oben, um ihm Elfenstaub entnehmen zu können.

Folglich muß man mit dem Sack ringen, während man den Elfenstaub aufträgt, und das ist fast so, als würde man versuchen, einen großen Wasserball unter Wasser zu halten, während man gleichzeitig feine Stickarbeiten ausführt. Dabei kann man sich nur auf die Sicherheitsleine verlassen, die den Sack wieder in Position bringen soll, wenn er entweichen sollte, was er sehr häufig ja auch tut. Nun könnte man sich fragen, weshalb man die Leine nicht kürzer macht, um den Sack in einer besser geeigneten Stellung zu halten und die Arbeit zu erleichtern. Ich schätze, das geschieht aus dem gleichen Grund, wie Arbeitermütter ihre Kinder schon bei der Geburt ertränken, wenn sie das Gefühl haben, daß auch nur die geringste Möglichkeit besteht, daß aus ihnen einmal Produktionsleiter werden könnten.

Das zweite Problem, mit dem ich zu kämpfen hatte, war eins, vor dem mich zu meiner Überraschung niemand gewarnt hatte. Wenn man nämlich mit Elfenstaub arbeitet, darf man nicht vergessen, daß er in die Höhe schwebt und sich daher nach oben ergießt und nicht nach unten.

Nach meinem ersten Versuch, etwas Elfenstaub auf einen Zaubergleiter zu sprenkeln, mußte ich zu meiner Überraschung feststellen, daß der Gleiter nicht schweben wollte. Da ich den Verdacht hatte, daß ich vielleicht nicht genug von der fraglichen Substanz verwendet hatte, fügte ich noch mehr hinzu – und dann noch etwas, ohne zu merken, daß das Zeug der Decke entgegenschwebte und sich nicht auf den Gleiter senkte. Leider beugte ich mich zu dieser Zeit gerade über den Gleiter, und weil ich damit beschäftigt war, den Sack am Davonschweben zu hindern, bemerkte ich nicht, wie der Elfenstaub auf mich, und nicht auf den Gleiter rieselte.

Den ersten unanfechtbaren Beweis dafür, daß alles nicht so lief, wie es sollte, sah ich darin, daß meine Füße plötzlich keinen Bodenkontakt mehr hatten und daß ich tatsächlich schon ebensoviel Auftrieb hatte wie der Sack, den ich unten halten wollte. Zum Glück habe ich einen festen Griff, mit dem ich ganze Ziegelsteine zerbröckeln kann, und so gelang es mir, den Sack weiterhin gepackt zu halten und mich an der Sicherheitsleine schließlich nach unten zu hangeln, anstatt in freiem Flug der Decke entgegenzuschweben. Außerdem schaffte ich es, den Elfenstaub von meinen Kleidern zu bürsten, um somit nicht nur meine Bodenstellung, sondern auch meine Würde aufrechtzuerhalten.

Das einzige, was ich bei diesem flüchtigen Vorfall nicht verstehen konnte, war das Desinteresse der anderen Arbeiterburschen. Nicht nur, daß niemand im Augenblick meines Malheurs zu mir herüberkam, sie enthielten sich auch jeglicher abfälliger Bemerkungen und Schmähgeräusche. Diesen zweiten Punkt hielt ich für besonders ungewöhnlich, weil Arbeiterburschen ganz berüchtigte Scherzbolde sind und es sich nur selten nehmen lassen, die Gelegenheit für ein derartiges billiges Amüsement zu nutzen.

Tatsächlich kristallisierte sich der Grund dafür heraus, als wir schließlich Mittagspause machten.

Ich hatte mich gerade hingesetzt, um mein Mittagessen zu genießen, und bat zufällig den Arbeiterburschen neben mir, mir aus dem Spender, der in seiner Nähe stand, eine Serviette zu reichen, weil ich selbst nicht drankam. Anstatt jedoch dieser Bitte Folge zu leisten, wie es jeder zivilisierte Mensch getan hätte, fängt diese Witzfigur doch tatsächlich an zu plärren, daß er keine Sekunde Mühe auf einen Betriebsspion zu verwenden gedächte, und schon gar keine Serviette. Wenn es aber eins gibt, was ich nicht zulasse, dann dies, daß man mich eine Petze nennt, erst recht, wenn ich zufällig gerade als eine unterwegs bin. Also erachte ich es für notwendig, diesem Individuum die Trugschlüssigkeit seiner Annahme zu demonstrieren, indem ich es so gelassen und freundlich, wie nur ich es kann, ein wenig verbiege. Kaum denke ich, daß wir jetzt endlich zu kommunizieren anfangen, da bemerke ich doch tatsächlich, wie jemand mir mit einem Stuhl in den Rücken schlägt. Das hebt nicht gerade meine Laune, die ja sowieso nicht die beste ist, also quetsche ich die Labertasche mit einer Hand gegen eine nahegelegene Wand, damit die zweite freimachend, mit der ich mir den anderen Kretin vorknöpfe, als der gerade zu einem weiteren Schlag ausholt. Ich beginne mich gerade langsam warmzulaufen, als ich aus der Menschenmenge, die sich natürlich prompt zusammengeschart hat, um unsere Diskussion zu verfolgen, leise Warnpfiffe höre, und als ich mich umdrehe, sehe ich einen der Vorarbeiter herbeischlendern, um nachzusehen, was es mit dem Lärm auf sich hat.

Nun sind Vorarbeiter wahrscheinlich die widerlichste Form des Managements, da es sich bei ihnen meist um Arbeitertypen handelt, die die Front gewechselt haben, und dieser Kerl hier war keine Ausnahme. Ohne auch nur einmal ›Wie geht's‹ zu fragen, will er sofort wissen, was hier los ist und wer mit der Sache überhaupt angefangen hat. Wie ich bereits bemerkte, war ich sowieso schon auf hundert und überlegte mir ernsthaft, ob ich unseren Diskussionsklub nicht einfach erweitern sollte, um auch den Vorarbeiter mit einzuschließen, als mir wieder einfiel, wie nervös Bunny war und welche Schwierigkeiten ich bekommen würde, wenn ich versuchte, ihr zu erklären, weshalb ich schon am ersten Tag rausgeschmissen wurde, nur weil ich jemanden vom

Management vermöbelt hatte. Also nehme ich nicht mehr meine beiden Tanzpartner in den Griff, sondern vielmehr mein Temperament und mache mich daran, dem Vorarbeiter zu erklären, daß niemand mit irgend etwas angefangen hat, weil tatsächlich ja auch nichts los ist ... daß meine Kollegen zufällig gestolpert und gestürzt sind und daß ich gerade dabei bin, ihnen wieder auf die Beine zu helfen.

Meine Erklärungen können sehr überzeugend klingen, wie euch jede Geschworenenbank bestätigen wird, und der Vorarbeiter beschließt, sie ohne weiteres Nachfragen hinzunehmen, wobei er irgendwie die Tatsache übersieht, daß ich der Labertasche mit soviel Begeisterung aufgeholfen hatte, daß seine Füße nicht einmal mehr den Boden berührten, als der ganze Vorgang beendet war. Vielleicht hatte er es aber auch dem Elfenstaub zugeschrieben, der doch so gern alles, was in der Fabrik nicht niet- und nagelfest war, zum Levitieren brachte. Jedenfalls kauft er mir die Story ab und schlendert davon, so daß ich mein Mittagessen mit meinen beiden Kollegen teilen darf, deren Mahlzeiten beim Spielen irgendwie zertrampelt worden sind.

Anscheinend hat die Zurschaustellung meiner Mannbarkeit jeden davon überzeugt, daß ich wirklich kein Betriebsspion bin, denn die beiden Burschen, die mich so unprofessionell angesprungen sind, sind nun plötzlich nur zu erpicht darauf, die allerfreundlichsten Worte mit mir zu wechseln. Derjenige, den ich bisher die Labertasche genannt habe, heißt, wie sich nun herausstellt, Roxie, und sein stuhlschwingender Kumpan ist Sion. Wir kommen auf der Stelle gut miteinander klar, denn sie machen einen richtig anständigen Eindruck, auch wenn sie keinen einzigen Hieb richtig plazieren können, selbst wenn sie ihre Haut damit retten müßten, und es scheint auch, daß wir sehr viele gemeinsame Interessen haben … Weiber zum Beispiel und gelegentliche Wetten beim Pferderennen. Natürlich befördere ich sie sofort an die oberste Stelle meiner Verdächtigenliste, weil jeder, der so denkt wie ich, höchstwahrscheinlich auch nur wenig Respekt für die Eigentumsrechte anderer Leute übrig hat.

Und bevor wir uns wieder an unsere jeweilige Arbeit machen, teilen sie mir noch mit, daß der Elfenstaubjob, den ich da habe, tatsächlich eine Drecksarbeit ist, die man den neuen Arbeitertypen aufhalst, die noch nicht genug Durchblick haben, um sich darüber zu beschweren. Man rät mir, doch ein paar Worte mit dem Vorarbeiter zu wechseln, weil den mein Verhalten offensichtlich beeindruckt hat, und ich solle doch zuschauen, daß ich eine Arbeit zugewiesen bekomme, die mehr meinen offensichtlichen Talenten entspricht. Natürlich bin ich dankbar für diesen Rat und befolge den Vorschlag ohne jedes Zögern.

Der Vorarbeiter hört sich meine Einwürfe tatsächlich an und schickt mich für den Rest des Tages an eine andere Station. Als ich dort jedoch eintreffe, kommt mir der Gedanke, daß es vielleicht besser gewesen wäre, wenn ich meinen Mund gehalten hätte.

Mein neuer Job stinkt … und das meine ich wirklich so buchstäblich wie möglich. Ihr müßt nämlich wissen, daß ich am Ende eines Fließbandes stehen mußte, um dort das Endprodukt zu inspizieren, als es vom Band kam. Und wenn ich sage ›Endprodukt‹, dann solltet ihr das auch sehr wortwörtlich nehmen.

Die schnelleren unter euch haben zweifellos inzwischen kapiert, um was für ein Produkt es sich dabei handelt, aber für die langsameren Leser (und für die nüchternen Lektoren) möchte ich meine Anspielung doch genauer erläutern.

Was ich hier nämlich inspiziere, das ist der ›Gummiwauwau‹, den es in drei Größen gibt: Peinlich, Abstoßend und Unglaublich. Natürlich heißen sie in Wirklichkeit anders, aber nach ein paar Augenblikken des Ausgeliefertseins ziehe ich es vor, sie so zu bezeichnen. Nun habe ich ja bereits erwähnt, daß es sich hier um Klasseproduktionen handelt, so daß man auch erwarten kann, daß unser Produkt eindeutig anders ist als andere auf dem Markt. Es ist nur eine bedauerliche Tatsache, daß ich als Endinspizient mit dem fertigen Produkt zu tun bekomme, jedenfalls *bevor* es in die Schachteln kommt, aber *nachdem* man das ›realistische, lebensechte Aroma, daß an Ihren Händen richtig festklebt‹, hinzugefügt hat.

Bedauerlich ist auch, daß ich weder den Vorarbeiter noch die beiden Witzbolde ausfindig machen kann, die mir diesen Rat zur Gestaltung meines Nachmittags gegeben haben. Natürlich kann ich mir nicht den Luxus einer ausgedehnten Suche erlauben, da das Fließband sich weiterbewegt, ob der Inspizient nun gerade inspiziert oder nicht. Dann häuft sich sofort jede Menge Arbeit auf. Da ich nicht besonders geschickt mit der Schaufel bin, halte ich es für das klügste, weiterzuarbeiten und unsere Diskussion auf einen späteren, intimeren Zeitpunkt zu verschieben.

Aber ihr müßt auch wissen, daß mir diese Arbeit gar nicht wirklich so sehr zu schaffen gemacht hat. Zu den Aufgaben, deren Verteilung Nunzio und ich zu Hause immer per Münzwurf regeln, gehört es auch, hinter dem Drachen des Bosses wieder sauberzumachen. Und nach so etwas wirken alle Gummiwauwaus eher wie eine Art Understatement, wenn ihr versteht, was ich meine. Ja, ich kichere beim Arbeiten sogar richtig vor mich hin, denn solange ich einen Auftrag habe, darf Nunzio alles allein erledigen, so daß ich es im Augenblick eher leichter habe. Und schließlich bedeutet die Tatsache, daß Roxie und Sion mir jetzt Streiche spielen, daß man mich tatsächlich als einen von diesen Arbeitertypen zu akzeptieren beginnt, was mir meine Aufgabe erheblich erleichtern dürfte.

Das einzige wirkliche Problem, das ich mit meinem gegenwärtigen Job habe, ist, daß ich es angesichts des Produkts, mit dem ich arbeiten muß, für unklug halte, heute abend die Sicherheitsvorkehrungen auf die Probe zu stellen. Selbst wenn ich mir gern ein paar Muster mitgenommen hätte, worauf ich nicht besonders scharf war, da wir zu Hause, wie ich bereits bemerkte, ja sehr viel mehr von der Sorte haben, noch dazu in weitaus besserer Qualität, hätte das ›realistische, lebensechte Aroma, das an ihren Händen richtig festklebt‹ mich nicht einmal bei der größten Dumpfbacke von einem Betriebswachmann unbemerkt durchschlüpfen lassen.

Wie sich jedoch herausstellte, war das ein wahrer Segen. Denn als endlich der Feierabend naht, muß ich feststellen, daß es doch nicht so leicht ist, hier etwas aus der Fabrik herauszuschmuggeln, wie ich mir das ursprünglich gedacht habe. Alles, was die Arbeiterburschen aus der Fabrik herausbrachten, wurde mindestens zweimal von grimmigen Typen überprüft, die ganz offenbar genau wußten, was sie taten; und wenn wir auch keiner Leibesvisitation unterzogen wurden, mußten wir doch einer nach dem anderen an einer ganzen Reihe von Alarmanlagen vorbeilaufen, die uns mit verschiedensten Strahlen nach Gegenständen und Substanzen abtasteten, die der Firma gehörten. So wäre ich beinahe wegen des Elfenstaubs in Schwierigkeiten geraten, der noch von meinen morgendlichen Aktivitäten her an mir klebte. Aber da trat Roxie vor und erklärte den sich rapide zusammenscharenden Wachen, wie das gelaufen war, und so begnügten sie sich damit, den Elfenstaub wieder einzusammeln, ohne daß die Sache allzu persönlich wurde.

Damit waren Roxie und ich hinsichtlich des Gummiwauwau-Schabernacks quitt, und nachdem ich Sion ein paarmal gegen die Mauer gestupst hatte, um ihm zu zeigen, wie sehr ich seine Beteiligung an diesem Streich zu schätzen wußte, machten wir uns gemeinsam auf den Weg, auf der Suche nach irgendwelchen Zerstreuungen, die man besser nicht abdrucken sollte.

Wenn euch letzteres ein bißchen vage vorkommen sollte, so müßt ihr erst einmal die ganze Situation bedenken, bevor ihr euer Urteil fällt. Ich glaube, daß ich schon darüber berichtet habe, daß die zu überprüfende Fabrik sich in einer jener nicht aufgelisteten Dimensionen befindet, auf die sich die Täufler spezialisiert haben. Nun führt der einzige Zu- und Ausgang dieser Dimension vom Bazar aus durch den Laden des Besitzers, und weil der nicht allzu wild darauf ist, bei jedem Schichtwechsel Hunderte von Arbeiterburschen durch sein Geschäft trampeln zu sehen, gehört es zum Arbeitsvertrag der besagten Fabrik, daß man sich dazu verpflichtet, sich immer eine Woche am Stück in dieser Dimension aufzuhalten. Zu diesem Zweck hat der Besitzer auch Unterkünfte für die Arbeitertypen zur Verfügung gestellt, aber da er selbst für einen Täufler außerordentlich knauserig ist, müssen die Leute der verschiedenen Schichten sich jeden Raum teilen. Das bedeutet, daß man sein eigenes Zimmer nur eine Schicht lang zur Verfügung hat; den Rest der Zeit muß man entweder arbeiten oder woanders herumhängen. Und damit wir uns zwischen Arbeit und Schlaf nicht langweilen, hat der Besitzer auch verschiedenste Bars, Restaurants, Kinos und Videotheken zu unserem Vergnügen eingerichtet, die natürlich alle etwas kosten, was man sich aber vom Lohn abhalten lassen kann.

Wenn euch das ein bißchen wie eine ziemlich hermetisch in sich abgeschlossene Ökonomie erscheint, so muß ich euch schleunigst daran erinnern, daß bisher noch niemand den Täuflern vorgeworfen hat, in Sachen Profit auf den Kopf gefallen zu sein. Jedenfalls erklärt euch das alles, warum ich dazu gezwungen war, mit Roxie und Sion schwofen zu gehen, anstatt mich in mein Zimmer zurückzuziehen und noch einmal die Klassiker zu lesen, wie ich es normalerweise getan hätte.

Nun will ich ehrlich sein und zugeben, daß dieses Rummachen nicht halb so schlimm ist, wie ich tue. Es ist einfach nur so, daß es für mein sorgfältig gepflegtes Image peinlich ist zuzugeben, wie öde und langweilig diese Abende in Wirklichkeit waren; deshalb versuche ich gewissermaßen reflexartig, sie etwas mehr aufzubauschen, als ich sollte. Ich meine, man sollte doch glauben, daß der Feierabend mit ein paar Burschen, die in einer Fabrik für magische Scherzartikel arbeiten, eine einzige riesige Lachorgie sein müßte. Ihr wißt schon, das müßte eigentlich noch viel mehr Spaß machen, als den Bullen telefonisch irgendwelche falschen Razzientips zu geben.

Nun, sie haben mich aber überrascht, indem sie sich mit Saufen und Glücksspiel und einer gelegentlichen Prügelei oder zwei zufriedengaben ... Wie ich eben sagte, immer das gleiche langweilige Zeug, was ein Haufen netter Burschen eben so draufhat. Meistens sitzen sie herum und stöhnen über die Arbeit in der Fabrik und darüber, wie unterbezahlt sie doch sind ... Aber darauf achte ich nicht sonderlich, denn es gibt keinen einzigen Arbeiterburschen, der so etwas nicht ständig täte. In kürzester Zeit stelle ich fest, daß niemand unter der Arbeitertruppe ist, der sich in den Feinheiten unorthodoxeren Unternehmertums genug auskennt, will sagen in der Kriminalität, um sich mit mir auf gleicher Ebene unterhalten zu können. Im Zeitalter der Spezialisierung ist das zwar nicht überraschend, es bedeutet aber, daß ich niemanden habe, mit dem ich reden kann.

Statt dessen werde ich deprimiert ... ein Gefühl, das sich fortsetzt, je länger die Woche dauert. Es ist nicht die Arbeit oder die Gesellschaft der Arbeitertypen, die an meiner Moral frißt, sondern vielmehr die immer weiter schwindende Möglichkeit, diesen Auftrag endgültig abzuwickeln.

Je mehr ich im Zuge meiner verdeckten Ermittlungen beobachte, um so rätselhafter erscheint mir, wie der Raub zustandegebracht werden soll. Je besser ich meine Kollegen kennenlerne, um so überzeugter bin ich, daß sie mit so etwas nicht einmal am Rande zu tun haben könnten. Damit will ich nicht behaupten, daß es ihnen in der Gripsabteilung fehlt, denn sie sind sicherlich genauso gewitzt wie jedermann, mit dem ich jemals auf der Schule oder im Beruf zusammengearbeitet habe. Statt dessen zolle ich mit dieser Bemerkung der Lückenlosigkeit des Sicherheitssystems ihren Tribut, das man im Rahmen solcher Aktivitäten ja notgedrungenermaßen umgehen muß.

Wie ich schon sagte, leben wir im Zeitalter der Spezialisierung, und keiner der Arbeitertypen, mit denen ich zusammenkomme, hat sich hinreichend sachkundig gemacht, um mir auf meinem eigenen Gebiet das Wasser reichen zu können. Und nachdem ich nun erkennen muß, daß ich sogar nach einer ganzen Woche intensivster Planung nicht eine einzige erfolgversprechende Möglichkeit entwickelt habe, die Sore abzuzocken, kann ich mich des Eindrucks nicht entledigen, daß das Sicherheitssystem hier niemals von einem Amateur geknackt werden kann, wie talentiert er auch immer sein mag.

Dies bedenkend, nähere ich mich immer mehr der unangenehmen Schlußfolgerung, daß die Chancen ziemlich mies stehen, diesen Fall schnellstmöglich zu lösen, ja daß wir ihn möglicherweise sogar überhaupt nicht abwickeln können. Derlei Gedanken machen mir große Sorgen, die ihrerseits in die Depression führen, da ich mindestens ebenso erfolgsorientiert bin wie jeder andere auch.

Am Ende der Woche erreicht meine Stimmung wahrhaftig den Tiefpunkt, genauer gesagt in dem Augenblick, da man mir meine Lohntüte überreicht. Nun ist es ja nicht so, als würde ich auf das Geld zählen, das ich hier als Arbeiter verdiene, da der Boß mich schon recht ordentlich subventioniert. Dennoch bin ich überrascht zu sehen, welche Summe mir meine Woche Arbeit tatsächlich eingebracht hat. Um ehrlich zu sein, bin ich soeben wieder einmal der Versuchung der Untertreibung erlegen. Ich war nämlich nicht nur überrascht, ich war schockiert ... was gar nicht gut ist, wie euch jeder im Mob bestätigen kann, denn wenn ich schockiert bin, neige ich dazu, der Aufgewühltheit meiner Nerven ziemlich körperlichen Ausdruck zu verleihen.

Die Tatsache, daß ich das fragliche Geld nicht wirklich brauche, bedeutet, daß ich nur ein bißchen schockiert war, deshalb bedurfte es auch nur dreier meiner Kollegen, um mich von dem Lohntütentypen herunterzureißen, der mir die schlechte Nachricht überbrachte. Natürlich hatte man mir bis dahin bereits ein paar Beruhigungspfeile verpaßt, die, wie ich so höre, bei den meisten Firmen im Bazar zum Standardzubehör gehören, mit dem das allgemeine Betriebsklima harmonisiert wird. Sollte eure Firma sich bisher noch nicht zu dieser Politik entschlossen haben, so kann ich nur von ganzem Herzen dazu raten, weil sie den Schwund an Lohnabrechnungsburschen reduziert, was folglich auch die Kosten der Ausbildung ihrer Nachfolger minimiert.

Nachdem ich mich jedenfalls so weit beruhigt habe, daß ich nur noch mit Mobiliar um mich schmeiße, und nachdem der Lohntütenbursche sich wieder hinreichend gefangen, will sagen, genügend Erste Hilfe bekommen hat, um wieder sprechen zu können, klärt er mich über die Tatsachen des Lebens auf. Nicht nur, daß man mir die Kosten für das schon erwähnte Herumziehen und -schwofen vom Lohn abgezogen hat, nein, man hat mir auch Miete für mein Zimmer berechnet, was angesichts der Tatsache, daß ich den Raum nur zu einem Drittel benutzen konnte, bedeutet, daß er preislich so ziemlich alles in den Schatten stellt, was ich bisher in meiner dekadenten Karriere an sündhaft teuren Luxusschuppen zu benutzen gewohnt war. Außerdem war da noch eine peinlich genaue Liste von jedem bißchen Ausschuß, den ich im Laufe der Woche produziert habe, bis zum winzigsten Fleckchen Elfenstaub. Normalerweise hätte mich das neugierig gemacht zu erfahren, wie diese Abrechnung zustande gekommen war, weist sie doch auf eine noch effizientere Arbeit hin, als sie die Burschen von der Sicherheit beweisen, die mich solange in Schach gehalten haben. Doch zu diesem Zeitpunkt bin ich zu sehr damit beschäftigt, mich darüber aufzuregen, daß man mir das Material nicht etwa zum Einkaufs- sondern zum Endverkaufspreis berechnen will! Das einzige, was mich davon abhält, meiner Meinung über diesen Sachverhalt wahren Ausdruck zu verleihen, ist die Tatsache, daß Roxie mir erklärt, daß es sich dabei keineswegs um eine Sonderbehandlung meiner Wenigkeit handelt, vielmehr sei dies die allgemeine Politik der Fabrik, unter der alle Arbeiter zu leiden haben. Ferner weist er mich darauf hin, daß man mir die Kosten für die geleistete Erste Hilfe am Lohntütenburschen ebenfalls vom Lohn abziehen wird, und daß das, was übrigbleibt, kaum genügen wird, um noch einmal die Sause zu machen.

So bin ich also gleich doppelt niedergeschlagen, als ich mich mit Bunny zu unserem wöchentlichen Treffen und der Besprechung zusammentue. Denn ich fühle mich nicht nur als Versager, sondern auch noch als armer Versager, und das ist die schlimmste Steigerungsform.

»Guido, was ist los?« fragt sie, als wir uns treffen. »Du siehst ja entsetzlich aus!«

Wie ich schon sagte, Bunny ist zwar ein prima Kumpel, aber eben doch ein Weibsstück, was besagt, daß sie einen untrüglichen Instinkt dafür hat, wie man einen Typen richtig aufmöbelt, wenn er gerade am Boden liegt.

»Ich bin deprimiert«, sage ich, da sie ja nicht dabei war, als ich es euch erklärt habe. »Die Arbeitsbedingungen in der Fabrik sind grausig, vor allem wenn man an den Lohn denkt, den wir dafür nicht bekommen.«

Da rollt Bunny mit den Augen und stöhnt, um ihr Mitgefühl auszudrücken.

»Ach, Guido! Du redest ja genau wie ein ... Wie nennst du die immer? Ach ja, genau wie ein Arbeitertyp.«

»Das liegt daran, daß ich ein Arbeitertyp *bin*!«

Das trägt mir einen giftigen Blick ein.

»Nein, bist du nicht«, sagt sie richtig hart. »Du bist ein Exekutivangestellter unserer Firma, der sich gerade auf einem Ermittlungsauftrag befindet. Und jetzt hör auf, negativistisch zu sein, und laß uns lieber über den Job reden.«

Mir fällt ein, daß sie eine reichlich ungewöhnliche Vorstellung davon hat, wie man negatives Denken vermeiden sollte.

»Wie du willst«, sage ich und gewähre ihr mein gelassenstes Achselzucken, das ich mir sonst nur für Gerichtsauftritte aufspare. »Was dèn Job angeht, so stecke ich vollends in der Sackgasse. Habe eine Woche lang nichts entdecken können und habe auch nicht den mattesten Schimmer, wo ich als nächstes nachsehen soll.«

»Gut!« sagt sie und bricht in ein Lächeln aus, das einen Eisberg hätte zum Schmelzen bringen können, doch gibt es im Bazar nur wenige davon, so daß ich meine Übertreibung schlecht überprüfen kann. Natürlich bin ich überrascht.

»Vielleicht lassen mich meine kleinen, aber normalerweise doch ganz hervorragend funktionierenden Ohren gerade im Stich, Bunny. Habe ich richtig gehört, hast du wirklich gerade gesagt, daß es eine gute Sache ist, daß ich bei meinen Ermittlungen nicht weiterkomme?«

»So ist es. Du mußt nämlich wissen, daß ich für meinen Teil glaube, eine Spur gefunden zu haben, und wenn du in der Fabrik nichts feststellen kannst, dann kannst du mir vielleicht bei der Überprüfung meiner Theorie helfen! Und jetzt hör dir mal an, was ich von dir möchte.«

Bunnys Rat folgend, fange ich die nächste Woche gleich damit an, daß ich den Vorarbeiter bedränge, mich in die Lagerverwaltung zu versetzen. Zuerst reagiert er zurückhaltend, weil er es nicht mag, wenn Arbeitertypen ihm sagen, was er zu tun hat, aber nachdem ich ihn darauf hingewiesen habe, wie miserabel die Krankenbeihilfe und die Tagegelder des Fabrikbesitzers tatsächlich sind, wird er schnell vernünftig.

Alles, was ich tun muß, um Bunny wie gewünscht zu unterstützen, ist, die täglichen Materialeingänge der Fabrik zu überprüfen und ihr über die Büropost eine zusätzliche Kopie der Liste mit den Tageseingängen zu schicken. Das erfreut mich ungeheuer, weil es nicht nur leichte Arbeit ist, sondern mir auch noch jede Menge freie Zeit beschert, in der ich ein eigenes Projekt verfolgen kann.

Ihr müßt nämlich wissen, daß mich die Sache mit meiner Lohntüte immer noch reichlich wurmt. Daher mache ich es mir zur Aufgabe, meine eigenen, inoffiziellen Ermittlungen durchzuführen, um mein geschultes Auge einmal auf die allgemeinen Arbeitsbedingungen in der Fabrik zu werfen. So wird mir denn auch schon bald klar, was die ungeübten Arbeitertypen natürlich mangels entsprechender Ausbildung nicht so scharf sehen, daß nämlich die Lage hier noch mehr stinkt als der Gummiwauwau.

Nehmen wir ein Beispiel: Die Fabrik hat es sich zur Politik gemacht, alle möglichen Arten von Lebewesen anzuheuern, von denen man viele nicht beschreiben kann, ohne ausfallend zu werden. Das ist an sich nicht weiter überraschend, da die Arbeiter ja hauptsächlich im Bazar rekrutiert werden, aber es hat doch zu einigen äußerst empörenden Ungerechtigkeiten bei der Lohnverteilung geführt.

Bevor ich irgendeinen falschen Eindruck erwecke, möchte ich vielleicht einmal kurz erläutern, welchen Standpunkt ich einnehme. Mir persönlich ist es völlig egal, mit wem ich zusammenarbeiten muß, solange er seinen Teil der Arbeit ordentlich leistet. So wird euch beispielsweise aufgefallen sein, daß ich bisher nicht einmal erwähnt habe, daß Roxies Hautfarbe grellorange und daß Sion malvenfarben ist, weil ich finde, daß das nichts mit ihrer Persönlichkeit oder ihren Fähigkeiten zu tun hat. Allerdings will ich zugeben, daß mir etwas unbehaglich zumute ist, wenn ich in Gegenwart von jemandem bin, der mehr Arme oder Beine besitzt als ich, aber das ist eher ein Berufsreflex, denn sollte es einmal zu Meinungsverschiedenheiten kommen, dann ist mein Kampfstil eher auf Gegner ausgerichtet, die annähernd genauso viele Hiebe und Tritte plazieren können wie ich, und ein paar Extrafäuste können da schon einen ganz schönen Unterschied machen. Aber wie gesagt, das hat eher mit einer berufsbedingten Vorsicht zu tun als mit irgendeinem Werturteil über den Charakter solcher Wesen. Ich erwähne dies nur für den unwahrscheinlichen Fall, daß man einige meiner Bemerkungen über seltsame Lebewesen vielleicht als rassistisch deuten könnte, was jedoch eine Straftat wäre, für die ich bisher noch nie verknackt wurde. So etwas liegt mir einfach nicht.

Jedenfalls arbeiten in der Fabrik jede Menge fremder Lebewesen. Das Niederträchtige an der Situation ist aber, daß sie, obwohl sie diese ganzen Extraarme haben und in manchen Fällen sogar die Arbeit von mehreren Arbeitertypen auf einmal leisten, alle genau das gleiche bekommen wie jeder sonst. Nun mögen manche Leute zwar der Meinung sein, daß es ungerecht sei, diese Wesen derartig auszubeuten, aber ich sehe darin tatsächlich eine Bedrohung für die Arbeitertypen, die nur über die allgemein übliche Anzahl von Armen und Beinen verfügen, denn wenn die Firma so viele von den ersteren anheuern kann wie möglich, und wenn sie gleichzeitig möglichst wenige von den anderen einstellt, kann sie natürlich erhebliche Kosten einsparen.

Eine weitere Ungerechtigkeit betrifft die Burschen von der Sicherheit, die ich nicht hintergehen konnte. Diese Sache hat von Anfang an meine Neugier geweckt, denn man braucht nicht gerade ein Rechenkünstler zu sein, um sich auszumalen, daß diese Typen, sollten sie von der Fabrik soviel bezahlt bekommen, wie sie wert sind, teurer sein müssen, als betriebswirtschaftlich vertretbar ist. Zufällig erhalte ich eine Antwort auf meine Frage, als ich einmal ein paar von ihnen belausche, wie sie in der Freizeit über ihren Job jammern. Es sieht so aus, als wären sie ebenso unterbezahlt wie wir Arbeitertypen, und das trotz der Tatsache, daß sie Waren sichern und bewachen, die Millionen wert sind! Wenn das auch zweifellos ungerecht ist, so findet sich davon dennoch nichts in meinen Aufzeichnungen, weil ich feststellen mußte, daß das nicht nur nicht ungewöhnlich, sondern vielmehr die Regel ist, daß nämlich Firmen und Fabriken ihre Sicherheitstypen unterbezahlen. Ich schätze, so verrückt das auch scheinen mag, muß es wohl tatsächlich so sein. Wenn die Typen von den Wachmannschaften vernünftige Löhne bekämen, dann würden kriminelle Typen wie ich doch sofort in diesen Berufszweig überwechseln, weil da die Arbeitszeiten und die Altersversorgung weitaus besser sind als in dem Beruf, in dem ich gerade arbeite; und wenn es keine Kriminellen mehr gäbe, brauchte man auch keine Wachleute mehr, und so wären wir schließlich alle arbeitslos. Wenn man die Sache so sieht, ist es schon besser, wie es ist.

Jedenfalls halte ich weiter Augen und Ohren offen, bis ich das Gefühl habe, genügend Ungerechtigkeiten aufgespürt zu haben, um damit etwas anzufangen, und dann warte ich auf den richtigen Augenblick, um meine Entdeckungen zu präsentieren. Das erweist sich als keine allzu große Strapaze für meine Geduld, da die Arbeitertypen, wie ich bereits bemerkte, nur zu gern über ihren Job rumjammern, und der heutige Abend bildet da keine Ausnahme.

»Was meinst du, Guido?« fragt Roxie und dreht sich zu mir hin. »Findest du, daß die Burschen, die an den ›Tropfenden Toiletten‹ arbeiten, es schlimmer haben als die Leute, die die ›Batteriebetriebenen Furzkissen‹ herstellen müssen?«

Ich tue so, als würde ich mächtig herumgrübeln, bevor ich ihm antworte.

»Ich denke«, sagte ich vorsichtig, »wenn Gehirn aus Dynamit bestehen würde, dann gäbe es in der ganzen Fabrik nicht einmal genug Pulver, um auch nur mal zu niesen.«

Er braucht etwa eine Minute, um zu kapieren, worauf ich hinauswill, aber als er es schließlich tut, wird sein Blick richtig böse.

»Was soll das denn heißen?«

»Ich meine, jetzt höre ich mir schon zwei Wochen lang an, wie ihr Burschen rumjammert, und dabei hat nicht einer von euch bisher überhaupt geschnallt, was eigentlich los ist.«

»Also schön, lieber Herr Gummiwauwau, wenn du so schlau bist, warum klärst du uns alle, die wir hier schon seit Jahren arbeiten, nicht mal darüber auf, was du in ganzen zwei Wochen mitbekommen hast.«

Ich beschließe, den Gummiwauwau-Witz zu ignorieren, denn inzwischen hören mehrere Tische voll Arbeitertypen unserem Gespräch zu, und ich befürchte, daß ich ihre Aufmerksamkeit verlieren könnte, wenn ich mir die Zeit nähme, Roxie ein bißchen den Schädel einzuschlagen.

»Ihr Typen verbringt eure ganze Zeit damit, euch zu streiten, wer von euch am schlimmsten dran ist, und dabei verpaßt ihr doch glatt den Zug. Tatsache ist doch, daß man euch *allen* den Arsch aufreißt.«

Und dann beginne ich damit, etwa ein Dutzend der abstoßenderen Beispiele der Ausbeutung der

Arbeiterburschen aufzuzählen, die ich bei meinen Ermittlungen feststellen konnte. Als ich schließlich fertig bin, hört mir die ganze Bar zu, und überall kann man ein häßliches Murmeln vernehmen.

»Also gut, Guido. Jetzt hast du klargemacht, was du klarmachen wolltest«, sagt Roxie und will noch einen weiteren Schluck nehmen, bis er merkt, daß sein Glas leer ist. »Und was sollen wir deiner Meinung nach dagegen tun? Wir legen schließlich nicht die Firmenpolitik fest.«

Ich gewähre ihm jenes Lächeln, das bei Zeugen vor Gericht immer plötzlichen Gedächtnisverlust auslöst.

»Wir legen zwar nicht die Firmenpolitik fest, aber schließlich sind *wir* es, die bestimmen, ob wir zu diesen Löhnen unter diesen Bedingungen arbeiten wollen.«

Da fängt Roxie an zu glühen wie ein Kronleuchter.

»Da hast du recht!« sagt er. »Die leiten zwar die Fabrik, aber ohne uns Arbeiter gibt es auch keine Gummiwauwaus, die man verschicken kann!«

Inzwischen ist die Menge ganz schön angestachelt, und es werden Getränke bestellt wie wild, und man schlägt sich gegenseitig auf den Rücken, als doch tatsächlich so ein Miesepeter Einwände vorbringen muß.

»Und was soll die daran hindern, einfach nur neue Arbeitskräfte anzuheuern, wenn wir uns weigern?«

Das ist Sion. Wie euch vielleicht aufgefallen sein wird, plappert er nicht halb soviel herum wie Roxie, aber wenn er mal was sagt, dann neigen die anderen Arbeitertypen dazu, ihm auch zuzuhören. So ist es auch diesmal, und im Raum wird es langsam leiser, als die Arbeiterburschen versuchen, sich auf dieses neue Problem zu konzentrieren.

»Komm schon, Sion«, sagt Roxie und versucht die Sache abzuwimmeln. »Welcher Idiot würde denn schon unter solchen Arbeitsbedingungen für so einen Hungerlohn schuften?«

»Roxie, *wir* schuften schon seit Jahren dafür! Ich glaube kaum, daß die größere Schwierigkeiten haben werden, neue Arbeitskräfte zu finden, als es bei den alten der Fall war.«

Nun beschließe ich, die Sache wieder in die Hand zu nehmen.

»Sion, da übersiehst du aber ein paar Sachen«, wende ich ein. »Zunächst einmal braucht es Zeit, neue Arbeitskräfte anzuheuern und auszubilden. Und in dieser Zeit produziert die Fabrik keine Gummiwauwaus, die sie verkaufen können, was wiederum bedeutet, daß der Besitzer Geld verliert, und das tut er nicht gern.«

Sion zuckt nur die Achseln.

»Stimmt schon, aber wahrscheinlich nimmt er lieber die kurzfristigen Einnahmeverluste einer Fabrikschließung in Kauf, als die langfristigen Kosten, die durch höhere Löhne verursacht würden.«

»Was uns auf die zweite Sache bringt, die du übersehen hast.«

»Und die wäre?«

»Es gibt da eine unerträgliche Arbeitsbedingung, mit der sich die neuen Arbeitskräfte herumplagen müßten, wir aber nicht ... nämlich wir selbst! Wir brauchen uns nicht besonders anzustrengen, um jeden Morgen zur Arbeit zu kommen, und wenn die Burschen vom Werkschutz auch die reinsten Asse sind, was die Fabriksicherheit angeht, so kann ich mir kaum vorstellen, daß die für ein völlig neues Heer von Arbeitskräften wirklich brauchbare Leibwächter abgeben würden.«

Damit scheinen die Einwände aus dem Weg geräumt, und so machen wir uns daran, Einzelheiten auszuarbeiten. Denn wenn man als Außenstehender auch meinen mag, daß es ganz leicht sein müßte, eine Arbeiterbewegung zu organisieren, so muß man doch erst einmal einiges planen, bevor überhaupt irgend etwas in Bewegung geraten kann. Wir müssen die beiden anderen Schichten miteinbeziehen und uns auf eine Liste von Forderungen einigen, ganz zu schweigen von der Notwendigkeit, einen Streikfond aufzufüllen für den Fall, daß die andere Seite uns aushungern will.

Viele der Burschen wollen, daß ich die Sache leite, aber ich habe das Gefühl, daß ich das nicht guten Gewissens annehmen kann, und es gelingt mir, statt dessen Roxie vorzuschlagen und ihn wählen zu lassen. Als Begründung gebe ich vor, daß die Arbeitertypen besser von jemandem vertreten werden sollten, der schon länger als nur zwei Wochen Erfahrung mit dem Job hat, aber in Wirklichkeit bin ich mir nicht sicher, wie lange ich noch habe, bis der Boß mich wieder zum normalen Dienst abberuft, und ich will doch nicht, daß die Bewegung scheitert, nur weil ihr Anführer plötzlich verschwinden muß. Statt dessen melde ich mich freiwillig dazu, die anderen darin zu unterweisen, wie man mit irgendwelchen Außenseitern umgeht, die die Fabrik anzuheuern versucht, weil doch die meisten dieser Arbeitertypen einen abgesägten Billardstock nicht von einem Reifeneisen unterscheiden können, wenn es um Tarifverhandlungen geht.

Die Arbeit im Lager und in der Bewegung nimmt mich so sehr in Anspruch, daß ich fast mein wöchentliches Treffen mit Bunny vergessen hätte.

Zum Glück fällt es mir aber noch rechtzeitig ein, und das ist auch gut so, denn Bunny ist schließlich eine Puppe, und keine Puppe hat es gern, wenn man sie vergißt.

»Hallo, Baby!« sage ich und gönne ihr dabei mein anzüglichstes Augenzwinkern. »Wie läuft's?«

»Na, du bist ja richtig gut gelaunt«, sagt sie und grinst zurück. »Ich dachte, ich hätte eine gute Nachricht für dich, aber ich schätze, du hast es bereits erfahren.«

»Erfahren? Was erfahren?«

»Der Auftrag ist beendet. Ich habe den Fall gelöst.«

Das läßt in mir doch ein wenig Schuldgefühle und peinliche Berührtheit aufkeimen, da ich schon seit Tagen nicht mehr an unseren Auftrag gedacht habe, aber ich überspiele es, indem ich mich statt dessen begeistert gebe.

»Du machst doch keine Witze? Du hast herausgefunden, wie man das Zeug hier abschleppt?«

»Nun, es war tatsächlich eigentlich weniger ein Raub als vielmehr Veruntreuung. Einer der Täufler in der Buchhaltung hat mit den Abrechnungen herumgemacht und mehr Zubehörlieferungen ausbezahlt, als tatsächlich eingingen.«

»Bunny«, sage ich, »denk doch bitte mal daran, daß ich meinen Abschluß nicht gerade in Buchhaltung gemacht habe. Kannst du mich vielleicht mal in einfacher Kindersprache aufklären, damit ich begreife, wie die Sache abgezogen wird?«

»In Ordnung. Wenn wir Rohmaterialien einkaufen, wird jede Lieferung gezählt, und eine Liste geht an die Buchhaltung. Auf Grund dieser Liste wird unser Lieferant bezahlt, und außerdem erfahren wir auf diese Weise, wieviel Rohmaterialien wir im

Inventar haben. Nun hat unser Veruntreuer aber eine Abmachung mit den Lieferanten, die uns also mehr Material in Rechnung stellen, als wir tatsächlich bekommen. Er hat die Lieferscheine und die Empfangsbestätigungen manipuliert, damit die Zahlen gleich bleiben, hat den Lieferanten Waren bezahlt, die sie nie geliefert haben, und sich den Gewinn mit ihnen geteilt. Da aber dieselben Belegnummern für den Warenbestand im Lager verwendet wurden, hat der Besitzer, als das Material mal wieder knapp wurde, geglaubt, daß seine Angestellten ihn bestehlen würden. Die fehlenden Waren sind also gar nicht geklaut worden, sie sind überhaupt niemals in die Fabrik gekommen!«

Ich pfeife leise und anerkennend.

»Das ist ja großartig, Bunny! Wenn er das hört, wird der Boß wirklich mächtig stolz auf dich sein.«

Da errötet sie sogar ein bißchen.

»Das habe ich nicht ganz allein geschafft, weißt du. Ich hätte überhaupt nichts beweisen können, wenn du mir nicht heimlich Duplikate von den Unterlagen zugesteckt hättest.«

»Eine Kleinigkeit«, sage ich großmütig. »Ich jedenfalls werde dafür sorgen, daß der Boß genau erfährt, was für ein Wundermädchen da für ihn arbeitet, damit er dich nur richtig anerkennt.«

»Danke, Guido«, sagt sie und legt eine Hand auf meinen Arm. »Ich versuche ja selbst, ihn zu beeindrucken, aber manchmal glaube ich …«

Sie bricht ab und wendet den Blick zur Seite, und ich merke, daß sie wohl gleich weinen wird. Um diesen Vorfall zu verhindern, der uns bestimmt beiden peinlich wäre, lenke ich das Gespräch wieder auf das ursprüngliche Thema.

»Und was werden die jetzt mit diesem Penner machen, den du erwischt hast?«

»Nichts.«

»Wie bitte?«

»Nein, das stimmt nicht ganz. Er wird befördert.«

»Du willst mich wohl verarschen!«

Sie dreht sich zu mir um, und ich sehe, daß sie jetzt ein schelmisches Grinsen draufhat, was mir eine willkommene Abwechslung ist.

»Tatsache. Es hat sich herausgestellt, daß er der Schwager des Besitzers ist. Der Besitzer ist so beeindruckt von dem Grips, den es brauchte, um diese Nummer abzuziehen, daß er dem kleinen Widerling eine höhere Position in der Organisation eingeräumt hat. Ich schätze, er will lieber, daß er für die Firma andere beklaut als die Firma selbst.«

Es dauert einige Augenblicke, bis ich merke, daß mein normalerweise doch sehr beweglicher Mund die Sperre zu haben scheint.

»Und was machen wir jetzt?« bringe ich schließlich hervor.

»Wir haben jetzt eine erfolgreiche Ermittlung hinter uns und bekommen noch einen dicken Bonus dafür, daß wir die Sache so schnell erledigt haben. Ich hege allerdings den Verdacht, daß ein Teil des Bonus Schweigegeld dafür sein dürfte, daß wir nicht herumposaunen, daß der Besitzer von seinem eigenen Schwager abgezockt wurde.«

Jetzt bin ich wirklich froh, daß wir die Geschichte über die Bühne gebracht haben, ohne daß einer von den Arbeitertypen betroffen ist, mit denen ich mich angefreundet habe. Gleichzeitig fällt mir aber auch ein, daß ich jetzt gar nicht mehr dabeisein werde, um ihnen zu helfen, wenn der Gummiwauwau in den Ventilator gerät.

»Na schön, das war's dann wohl. Dann sollten wir uns wohl besser beim Boß melden und nachsehen, was in der Zeit passiert ist, als wir nicht da waren.«

»Stimmt etwas nicht, Guido? Du wirkst ein bißchen niedergeschlagen.«

»Ach, gar nichts, Bunny. Habe nur daran gedacht, daß ich ein paar von den Kumpels vermissen werde.«

»Vielleicht doch nicht«, sagt sie richtig geheimnisvoll.

Jetzt bin ich an der Reihe, ihr einen giftigen Blick zu schenken.

»Hör mal, Bunny«, sage ich, »wenn du noch irgendwelche Karten im Ärmel hast, dann wäre es mir lieb, wenn du sie jetzt ausspielen würdest. Du weißt, daß ich Überraschungen nicht sonderlich schätze.«

»Na schön. Ich wollte zwar eigentlich abwarten, bis wir wieder zu Hause sind, aber ich schätze, es wird schon nichts schaden, wenn ich dir eine kleine Vorschau gebe.«

Sie blickt sich um, als würde irgend jemand lauschen, dann beugt sie sich vor, damit ich ihr Flüstern verstehen kann.

»Ich habe in der Buchhaltung ein Gerücht gehört, daß sich in der Magiefabrik möglicherweise eine Gewerkschaft zusammenschließen könnte. Ich werde Skeeve vorschlagen, daß wir hier ein bißchen Gold schürfen ... du weißt schon, auf eine Seite setzen und ein Angebot unterbreiten. Kannst du dir vorstellen, was wir dafür verlangen könnten, wenn wir eine ganze Gewerkschaft in Stücke schlagen sollen?«

Plötzlich entwickle ich ein ungemeines Interesse an der Zimmerdecke.

»Wie, Bunny?« frage ich. »Ich weiß ja, daß du den Boß damit beeindrucken willst, wie gut du darin bist, Aufträge für uns an Land zu ziehen. Aber ich glaube doch, daß es auf lange Sicht im Interesse unserer Firma wäre, uns dieses Geschäft entgehen zu lassen.«

»Warum denn? Wenn sich hier eine Gewerkschaft bilden sollte, dann wird der Besitzer zehnmal mehr verlieren als durch die bisherige Unterschlagung. Wir könnten hier ordentlich absahnen. Er weiß immerhin schon, wie gut wir arbeiten.«

Zur Antwort lehne ich mich etwas zurück und lächele sie matt an.

»Wenn es ums Absahnen geht, Bunny, würde ich dir raten, nicht zu versuchen, deiner Großmutter – die in diesem Falle ich bin – beibringen zu wollen, wie man Schafe klaut. Außerdem gibt es Zeiten, da es klüger ist, den Klienten nicht allzu genau in die eigene Arbeit einzuweihen … Und glaube mir, Bunny, das hier ist eine solche Zeit!«

Kapitel 2

Es hängt alles davon ab,
was Ihr unter ›Spaß haben‹ versteht!
L. Borgia

»... ein Agitator und Gewerkschaftsorganisator! Wenn ich mir nur vorstelle, daß ich ihn auch noch dafür bezahlt habe, um mir die Kehle durchzuschneiden!!«

Irgendwie gelang es mir, eine unbewegte Miene aufrechtzuerhalten, was wesentlich schwieriger war, als es sich jetzt anhört.

»Tatsächlich, Mr. Bane, habe ich ihn dafür bezahlt, um uns dabei zu helfen, die Quelle Ihres Inventurlochs ausfindig zu machen, was er auch getan hat, während Sie ihn dafür bezahlt haben, um in Ihrer Fabrik zu arbeiten, was er ebenfalls getan hat. Ich weiß nicht so recht, worüber Sie sich jetzt eigentlich beschweren.«

Einen Augenblick lang dachte ich, daß der Täufler mir an die Gurgel springen würde.

»Worüber ich mich beschwere, ist die Tatsache, daß Ihr sogenannter Agent in meiner Fabrik eine Gewerkschaftsbewegung aufgebaut hat, die mich ein Vermögen kostet!«

»Es gibt keinerlei Beweise dafür, daß er daran beteiligt war ...«

»Und wieso wird sein Name dann ständig erwähnt ...«

»... und selbst wenn er es getan hätte, weiß ich nicht, was mich das angehen sollte. Mr. Bane, ich führe hier eine Firma mit Angestellten, nicht mit Sklaven. Was die in ihrer Freizeit machen, ist ihre Sache und nicht meine.«

»Aber er hat doch schließlich als Ihr Agent gehandelt!!!«

»... Ja, um das Warenschwundproblem zu lösen, was er auch, wie mir berichtet wurde, getan hat.«

Während wir miteinander sprachen, streckte Chumly den Kopf in mein Büro, bemerkte, was gerade passierte, und trat ein, wobei er seine Großer-böser-Troll-Persönlichkeit annahm. Falls Sie sich darüber wundern sollten, will ich Ihnen mitteilen, daß ich gerade ohne Empfangsdame arbeitete, weil ich es für klüger gehalten hatte, Bunny und Guido für eine Weile aus dem Verkehr zu ziehen, nachdem ich erfuhr, was während ihres letzten Auftrags *tatsächlich* passiert war. Als zusätzliche Vorsichtsmaßnahme hatte ich darauf bestanden, daß sie getrennt voneinander untertauchten, da ich fürchtete, daß Bunny Guido umbringen würde, wenn die beiden in Reichweite zueinander blieben. Aus irgendeinem Grund schien meine Sekretärin Guidos Arbeitnehmeraktivitäten sehr persönlich zu nehmen.

»... und wenn Sie mich jetzt entschuldigen möchten, Mr. Bane, ich bin im Augenblick sehr beschäftigt. Falls Sie der Sache aber weiter nachgehen wollen, schlage ich vor, daß Sie sich mit dem Großen Krach hier unterhalten. Der leitet nämlich in unserer Firma die Beschwerdeabteilung.«

Der Täufler wollte gerade etwas Wütendes von sich geben, als er hinter sich blickte, mächtig zusammenzuckte und das, was er gerade sagen wollte, herunterschluckte, als sein Blick nach oben fuhr ... und immer weiter nach oben! Wie ich selbst aus erster

Hand weiß, können Trolle ziemlich riesig aussehen, wenn man sie aus der Nähe betrachtet.

»Kleiner Täufler will mit Großen Krach kämpfen? Krach liebt Kämpfe!«

Bane wurde leicht rosa, dann wandte er sich wieder mir zu.

»Hören Sie, Sk... Mr. Skeeve. Das ist jetzt alles Vergangenheit, nicht wahr? Was halten Sie davon, wenn wir ein wenig darüber plaudern, inwieweit Ihre Firma mir bei diesem Arbeiterproblem weiterhelfen kann.«

Ich lehnte mich in meinem Sessel zurück und verschränkte die Arme hinter dem Kopf.

»Kein Interesse, Mr. Bane. Tarifkonflikte sind nicht unsere Stärke. Wenn ich Ihnen einen kostenlosen Rat geben dürfte, dann würde ich sagen, Sie sollten sich mit der Gegenseite einigen. Ausgedehnte Streiks können sehr teuer kommen.«

Der Täufler wollte erst die Zähne blecken, dann sah er noch einmal Chumly an und verzerrte seine Miene zu einem Lächeln. Er sagte kein einziges Wort mehr, bis er an der Tür war, und selbst dann sprach er mit umsichtigem Respekt.

»Äh ... wenn es nicht zuviel verlangt sein sollte, könnten Sie dann vielleicht diesen Guido mal vorbeischicken, damit er den Arbeitern einfach mal Hallo sagt? Weil er so plötzlich verschwunden ist, behaupten jetzt einige Leute, daß ich ihn habe auslöschen lassen. Das könnte mir die Verhandlungen etwas erleichtern.«

»Ich werde ihn fragen ... nächstesmal, wenn ich ihn sehe.«

Der Täufler nickte und verließ den Raum.

»Ein bißchen haarig geworden, die Angelegenheit,

was, Skeeve?« fragte Chumly und wurde wieder zu seinem normalen Selbst.

»Ach, nur ein weiterer zufriedener Kunde unserer Firma, der mal eben vorbeigekommen ist, um seiner Dankbarkeit Ausdruck zu verleihen.« Ich seufzte. »Erinnere mich bitte daran, Guido beim nächsten Mal nur noch mit *völlig* eindeutigen Anweisungen auf einen Auftrag anzusetzen. Was meinst du?«

»Wie wäre es mit einem Maulkorb und einer Leine?«

Ich schüttelte den Kopf und beugte mich auf meinem Sessel wieder vor. Dabei streifte mein Blick den ganzen Papierkram, der immer, wenn Bunny nicht da war, Junge zu kriegen schien.

»Genug davon. Was kann ich für dich tun, Chumly?«

»Wie? Ach, eigentlich nichts. Ich wollte nur das Schwesterchen suchen, um zu fragen, ob sie mir beim Mittagessen Gesellschaft leisten mag. War sie schon da?«

»Tanda? Die habe ich gerade mit einem Auftrag losgeschickt. Tut mir leid.«

»Macht nichts. Was für eine Arbeit läßt du das alte Mädchen denn machen?«

»Och, nichts Großartiges«, sagte ich und durchwühlte den Papierstapel nach dem Brief, den ich gerade gelesen hatte, als Bane hereingeplatzt war. »Nur ein kleiner Inkassojob, ein paar Dimensionen weiter.«

»HAST DU VÖLLIG DEN VERDAMMTEN VERSTAND VERLOREN??!!!«

Chumly hatte sich plötzlich über den Schreibtisch gebeugt, seine beiden unterschiedlich großen Mondaugen waren nur wenige Zoll von meinen entfernt.

Mir fiel ein, daß ich den Troll noch nie wirklich wütend erlebt hatte. Wenn ich länger darüber nachdachte, begann ich ernstlich zu hoffen, daß es auch nie wieder geschehen würde. Natürlich immer vorausgesetzt, daß ich dieses erste Mal überleben würde.

»Hoppla. Chumly! Immer mit der Ruhe! Was ist denn los?«

»DU HAST SIE GANZ ALLEIN MIT EINEM INKASSOAUFTRAG LOSGESCHICKT?«

»Es wird ihr schon nichts passieren«, sagte ich hastig. »Keine Sorge, es klang nach einem ziemlich ruhigen Auftrag. Ich meine, deshalb habe ich sie ja auch überhaupt geschickt und nicht einen von unseren schweren Jungs. Ich dachte, daß dieser Auftrag eher nach Finesse verlangt als nach Muskeln. Außerdem kann Tanda schon ganz gut für sich selbst sorgen.«

Der Troll stöhnte und ließ den Kopf sinken, bis er auf meinem Schreibtisch aufschlug. So verharrte er ein paar Augenblicke, tief atmend, bevor er wieder etwas sagte.

»Skeeve ... Skeeve ... Skeeve. Ich vergesse immer wieder, wie neu du noch in unserer kleinen Familie bist.«

Langsam wurde ich unruhig.

»Komm schon, Chumly, was ist los? Tanda wird doch nichts passieren, oder?«

Der Troll hob den Kopf, um mich anzusehen.

»Skeeve, du weißt einfach nicht ... wenn du da bist, geben wir uns immer ganz gelassen, aber du siehst uns nicht, wenn du mal nicht da bist.«

Das war ja wunderbar!

»Hör mal, Chumly. Deine Logik ist zwar so beneidenswert wie immer, aber könntest du das Problem nicht einfach mal beim Namen nennen? Wenn du glaubst, daß Tanda in Gefahr schwebt …«

»UM DIE MACHE ICH MIR DOCH KEINE SORGEN!« Chumly mußte sich sichtlich zusammenreißen. »Skeeve … Ich will versuchen, es dir zu erklären. Das Schwesterchen ist eine wunderbare Person, und ich liebe und bewundere sie wirklich, aber unter Druck neigt sie zu … Überreaktionen. Mami hat immer gesagt, daß sie damit die Tatsache kompensieren wollte, einen älteren Bruder zu haben, der alles mögliche auseinanderreißen konnte, ohne sich die geringste Mühe geben zu müssen. Aber einige der Leute, mit denen sie gearbeitet hat, meinten, es sei einfach ihre Bösartigkeit. Zusammengefaßt läßt sich jedenfalls sagen, daß Tanda viel mehr Geschmack an willkürlicher Zerstörung findet als ich … oder als irgend jemand anderes, den ich kenne. Wenn dieser Auftrag, den du da gerade erwähnt hast, nach Finesse und Feingefühl verlangt …«

Er brach ab und schüttelte den Kopf.

»Nein«, sagte er dann, und es schwang etwas Endgültiges in seiner Stimme mit. »Es gibt nur einen Weg. Ich muß sie einholen und versuchen, dafür zu sorgen, daß ihr die Dinge nicht entgleiten. In welche Dimension, hast du gesagt, ist sie gegangen?«

Diese direkte Frage riß mich aus der geistigen Lähmung, in die seine Erklärungen mich versetzt hatten.

»Also wirklich, Chumly! Übertreibst du da nicht ein bißchen? Ich meine, wieviel Schaden kann sie denn schon anrichten?«

Der Troll seufzte.

»Hast du schon einmal von einer Dimension namens Rinasp gehört?«

»Ich glaube nicht.«

»Klar, das liegt daran, daß es dort niemanden mehr gibt. Dort hat Schwesterchen ihren letzten Inkassoauftrag ausgeführt.«

»Ich habe hier irgendwo den Namen dieser Dimension aufgeschrieben!« sagte ich mit neugewonnener Verzweiflung und stürzte mich auf den Papierstapel.

CHUMLYS BERICHT

Zum Teufel aber auch! Man sollte doch meinen, daß Skeeve inzwischen genug Verstand hat, um erst mal nach festem Boden Ausschau zu halten, bevor er losspringt ... Vor allem dann, wenn sein Sprung andere in Mitleidenschaft zieht, was er auch tut! Wenn er glaubt, daß Tanda nicht ... Wenn er sich nicht einmal denken kann, daß nicht einmal ich ... Nun, er hat ja auch keinerlei Vorstellung davon, wie Mami uns aufgezogen hat. Mehr kann ich dazu nicht sagen.

Natürlich kann man von einem Klahd, der von einem Perversen aufgezogen wurde, keine Wunder erwarten, oder?? Nun gut, Chumly, alter Junge, ist wohl mal wieder die Zeit gekommen, dich durch die Kontakte zu schleifen, wie?

Ich muß zugeben, daß mich dieser jüngste Inkassoauftrag für Tanda in Sorge versetzte. Im allerbesten Fall neigt das Schwesterchen zur Taktlosigkeit, und in letzter Zeit ...

Soweit ich feststellen konnte, schien sich zwischen ihr und Bunny böses Blut zu entwickeln. Sie waren ja noch nie besonders gut miteinander ausgekommen, aber seit Don Bruces Nichte ein Auge auf Skeeve geworfen hatte, hatten sich die Dinge merklich verschlimmert. Nicht daß das Schwesterchen irgendwelche Absichten hätte, was den Jungen angeht. Wenn überhaupt, dann hegt sie ihm gegenüber allenfalls schwesterliche Gefühle ... Gott steh ihm bei! Nein, es sieht vielmehr danach aus, als würde Bunnys Taktieren Tanda in Rage bringen.

Denn seitdem Bunny versucht, bei jedem Job picobello herauszukommen, um Skeeve zu imponieren, hat Schwesterchen es sich in den Kopf gesetzt, daß das *sie* professionell ins schlechte Licht rücken würde. Tanda war immer schon sehr stolz auf ihr Image und ihre gute Arbeit, und als Bunny im Büro rumgeprahlt hat, wie reibungslos und toll der letzte Auftrag abgewickelt wurde, fühlte sie sich in beiderlei Hinsicht ein wenig bedroht. Soweit ich feststellen konnte, war sie wild entschlossen zu beweisen, daß das, was sie in der ehrwürdigen Heckenschützenschule gelernt hatte, allem ebenbürtig war, was Bunny auf welcher Hochschule des Mobs auch immer gelernt haben mochte. In Verbindung mit ihrer ganz normalen Neigung zur Übertreibung schien dies nichts Gutes für den zu verheißen, bei dem sie Geld eintreiben sollte.

Das Szenario dieses drohenden Desasters hinterließ auch einen schalen Geschmack im Mund. Ich meine, was soll man auch schon von einer Dimension halten, die sich Arkadien nennt? Das hört sich doch an wie einer von diesen vermaledeiten Videoschuppen. Wahrscheinlich wäre es mir sogar schwergefallen, sie irgendwo aufzustöbern, wenn ich nicht zusammen mit dem Namen auch Ortungsanweisungen bekommen hätte. Die Koordinaten brachten mich an den Rand einer Stadt, und da es dieselben waren, die das Schwesterchen benutzt hatte, konnte ich nur annehmen, daß sie noch keinen allzugroßen Vorsprung hatte.

Auf den ersten Blick wirkte Arkadien durchaus angenehm; man wäre fast versucht, es als süß zu bezeichnen – eben einer von diesen ruhigen, schläfrigen Orten, wo man sich richtig entspannen und zu Hause fühlen kann. Aus irgendeinem Grund ertappte ich mich dabei, wie ich inbrünstig hoffte, daß es auch noch so bleiben würde, nachdem wir die Dimension verlassen hatten.

Meine beiläufige Inspektion der Umgebung wurde durch einen Ruf unterbrochen, der aus nächster Nähe ertönte.

»Willkommen in Arkadien, Fremder! Darf ich Ihnen ein Glas kühlen Saft anbieten?«

Die Quelle dieser Begrüßung war ein ziemlich gnomenhafter alter Mann, der auf dem Sattel eines dreirädrigen Verkaufswagens hockte. Er schien mein Aussehen, sowohl meine körperliche Statur als auch meine Anwesenheit an diesem Ort zu dieser Zeit, so gelassen hinzunehmen, daß ich beinahe schon geantwortet hätte, bevor mir wieder einfiel, daß ich ja eine gewisse Fassade zu wahren hatte. Das ist zwar ein bißchen lästig, aber ich habe feststellen müssen, daß niemand einen Troll mit guten Manieren anheuert.

»Gut! Gut! Krach durstig!«

Mit meinem allerbesten gutturalen Knurren grabschte ich zwei der angebotenen Gläser und stopfte sie mir in den Mund, um dann mit den Augen zu rollen, während ich glückselig kaute. Das ist eine gute Nummer ... Selten versagt sie darin, die Leute zu verblüffen. Der Gnom allerdings zuckte nicht einmal mit der Wimper.

»Glaube nicht, daß ich Sie schon einmal gesehen habe, Fremder. Was führt Sie nach Arkadien?«

Ich entschied, Abstand von allen zukünftigen Versuchen zu nehmen, ihn einzuschüchtern, um statt dessen gleich zur Sache zu kommen.

»Krach sucht kleine Frau ... so groß ... mit grünem Haar?«

»Tatsächlich ist sie erst vor kurzem vorbeigekommen. Ist sie eine Freundin von Ihnen?«

Ich nickte heftig und zeigte dabei meine Fangzähne.

»Krach mag kleine Frau. Hat mal Dorn aus Krachs Fuß gezogen. Wohin kleine Frau gegangen?«

»Na ja, sie hat mich gefragt, wo die Polizeistation ist, dann ist sie in diese Richtung davon ... dort entlang.«

Wirklich ein recht netter Bursche. Ich entschied, daß ich mich ein wenig umgänglicher geben könnte.

»Krach dankt nettem Mann. Wenn netter Mann kräftigen Freund braucht, braucht nur Krach zu rufen, gut?«

»Alles klar. Und wenn ich Ihnen weiterhelfen kann, dann sagen Sie es ruhig.«

Ich ging davon, bevor wir allzu kumpelig wurden. Ich meine, es gibt wirklich nur sehr wenige Leute, die höflich zu einem Troll sind, von freundlich ganz zu schweigen; und ich fürchtete, daß ich noch ein größeres Interesse daran entwickeln könnte, mein Gespräch mit ihm fortzusetzen, als Tanda zu suchen. Doch im Interesse Arkadiens durfte das niemals geschehen.

Ich schätze, mein kurzes Plaudern hatte wohl doch länger gedauert, als ich glaubte, denn als ich Tanda entdeckte, saß sie niedergeschlagen auf der Treppe zur Polizeistation; anscheinend hatte sie ihren geschäftlichen Kram drinnen bereits hinter sich gebracht. Die Sache mußte besser abgelaufen sein, als ich zu hoffen gewagt hatte, denn sie war nicht im Gefängnis und das Gebäude stand auch noch.

»Halli, hallo, Schwesterchen!« rief ich, und zwar so fröhlich, wie ich nur konnte. »Siehst am Mundwinkel ein wenig runtergezogen aus. Probleme?«

»Oh. Hallo ... Chumly? Was machst du denn hier?«

Zum Glück hatte ich diese Frage erwartet und mir meine Antwort genau überlegt und sie einstudiert.

»Mache nur ein bißchen Urlaub. Habe Aahz versprochen, daß ich mal in dieser Dimension vorbeischauen werde, um ein bißchen nach potentiellen Investitionen Ausschau zu halten; und als Skeeve dann auch noch sagte, daß du auch hier bist, wollte ich mal schauen, wie es dir geht.«

»Das läßt sich in einem einzigen Wort zusammenfassen«, sagte sie, wobei sie das Kinn einmal mehr mit den Händen abstützte. »Lausig.«

»Schwierigkeiten bekommen? Ach, komm! Erzähl dem großen Bruder alles.«

Sie zuckte leicht die Schultern.

»Soviel gibt es da nicht zu erzählen. Ich bin hier auf einem Inkassoauftrag, also habe ich mir gedacht, daß ich mal bei den Gendarmen vorbeischaue und frage, ob dieser Bursche wegen krimineller Vergangenheit bereits irgendwo in den Akten steht. Oder ob man weiß, wo er sich aufhält.«

»Und ...«, drängte ich sie fortzufahren.

»Na ja, sie kennen ihn schon recht gut. Sieht so aus, als wäre er ein reicher Philantrop ... hat schon Millionen für zivile Verbesserungsvorhaben gespendet, hilft den Armen, eben so etwas.«

Ich kratzte mich am Kopf und legte die Stirn in Falten.

»Hört sich eigentlich nicht nach einem Burschen an, der seine Rechnungen nicht bezahlt, nicht wahr?«

»Das wirkliche Problem wird sein, alles zu überprüfen. Es hat den Anschein, als wäre er auch so etwas wie ein Einsiedler. Seit Jahren hat ihn niemand mehr zu Gesicht bekommen.«

Ich konnte ihre Depression nachempfinden. Die Sache hörte sich nicht danach an, als könnte man sie in Rekordzeit lösen, was sie natürlich unbedingt wollte, um allgemein gut dazustehen.

»Könnte ein bißchen haarig werden, die Geschichte. Was ist das überhaupt für ein Bursche?«

»Mit Namen heißt er Hoos. Hört sich wie etwas aus Dr. Seuss an, nicht wahr?«

»Tatsächlich klingt es wie eine Bank.«

»Wie bitte?«

Anstatt mich zu wiederholen, deutete ich nur. Auf der gegenüberliegenden Straßenseite, drei Eingangstüren straßabwärts, sah man das auffällige Leuchtschild der *Hoos National Bank*. Blitzartig war Tanda aufgesprungen und davongehuscht.

»Danke, Chumly. Vielleicht ist die Sache doch nicht halb so übel.«

»Vergiß eins nicht: Wir sind verdammt nahe an der nächsten Polizeistation«, ermahnte ich sie und legte Tempo zu, um mit ihr Schritt halten zu können.

»Was soll das heißen, ›wir‹?« fragte sie und blieb abrupt stehen. »Großer Bruder, das hier ist *mein* Auftrag, also misch dich da nicht ein und stolper mir auch nicht vor die Füße. Capito?«

Da mir klar war, daß ich hier war, um sie aus Schwierigkeiten herauszuhalten, hielt ich es für unklug, mit Tanda mitten auf einer öffentlichen Straße, ja sogar vor einer Polizeiwache, einen Streit vom Zaun zu brechen.

»Ach, vergiß es. Ich hatte mir nur gedacht, daß ich einfach mitkomme ... als Beobachter. Du weißt doch, daß ich es liebe, dir bei der Arbeit zuzusehen. Und außerdem sagt Mom doch immer: ›Man weiß nie, wann ein gewogener Zeuge mal wieder nützlich sein könnte.‹«

Ich bin mir zwar nicht sicher, ob meine Worte sie beruhigten oder ob sie einfach die Tatsache akzeptierte, daß ein zusätzlicher Bericht, der den ihren bestätigte, keinen Schaden anrichten könnte, aber sie grunzte vor sich hin und ging hinüber zur Bank.

Es war eine ziemlich typische Bank: Kassierkäfige, Tische zum Ausfüllen von Ein- und Auszahlungsscheine, und so weiter. Das einzig Bemerkenswerte war ein Sonderschalter für interdimensionalen Sortenwechsel, der darauf hinwies, daß sie mehr Dämonengeschäfte machten, als man in einer derart abgelegenen Dimension erwarten würde. Ich wollte Tanda darauf hinweisen, doch die schien ihre eigenen Pläne zu haben. Ohne die Schalter auch nur zu mustern, marschierte sie auf das Büro des Direktors zu und trat ein.

»Kann ich Ihnen helfen, Fräulein?« fragte der windelweich aussehende Bursche mit bemerkenswertem Mangel an Aufrichtigkeit.

»Ja. Ich möchte gerne Mr. Hoos sprechen.«

Das trug uns einen langen, abschätzenden Blick aus sehschwachen Augen ein, wobei er mich einige Herzschläge länger musterte. Ich tat mein Bestes, um unschuldig auszusehen ... was für einen Troll gar nicht so einfach ist.

»Ich fürchte, das ist völlig unmöglich«, erwiderte er schließlich und richtete seine Aufmerksamkeit wieder auf die Arbeit, die auf seinem Schreibtisch lag.

Ich spürte, wie Tanda mit ihrem Temperament kämpfte, und kreuzte im Geiste die Finger.

»Es ist extrem dringend.«

Wieder flackerte uns der Blick entgegen, und der Bursche setzte mit deutlichem Seufzen den Bleistift ab.

»Dann sollten Sie vielleicht besser mit mir sprechen.«

»Ich habe Informationen für Mr. Hoos, aber ich glaube, daß er die lieber persönlich hören möchte.«

»Das ist Ihre Meinung. Wenn ich, nachdem ich sie mir angehört habe, zustimme, könnte es Ihnen gestattet werden, sie in Mr. Hoos' Gegenwart noch einmal zu wiederholen.«

Patt.

Tanda schien das auch zu erkennen.

»Na ja, ich möchte zwar keine Panik auslösen, aber ich weiß aus gesicherter Quelle, daß diese Bank beraubt werden wird.«

Das überraschte mich etwas, obwohl ich mein Bestes versuchte, es mir nicht anmerken zu lassen. Der Bankdirektor jedoch schien es mit Fassung zu tragen.

»Ich fürchte, da irren Sie sich, junge Dame«, sagte er mit verklemmtem Lächeln.

»Meine Quellen irren sich selten«, beharrte sie.

»Sie sind neu in Arkadien, nicht wahr?«

»Na ja ...«

»Wenn Sie sich hier erst einmal orientiert haben, werden Sie erkennen, daß es in der ganzen Dimension nicht einen Verbrecher gibt, der Mr. Hoos bestehlen würde, ganz zu schweigen davon, seine Bank auszurauben.«

Dieser Bursche klang langsam nach einem ziemlich beeindruckenden Typen. Schwesterchen aber ließ sich nicht so leicht abschrecken.

»Und was wäre mit einem Verbrecher aus einer anderen Dimension? Jemand, der von Mr. Hoos nicht so beeindruckt ist?«

Der Direktor hob eine Augenbraue.

»Wer denn, zum Beispiel?«

»Na ja … Was, wenn mein Freund hier und ich uns dazu entschlössen …«

Weiter kam sie nicht.

Ich mußte zugeben, daß der Direktor trotz seiner eisernen Steifheit gut war. Ich habe nicht gesehen, wie er sich bewegte oder ein Signal gab, aber plötzlich war die ganze Bank voller bewaffneter Wachen. Aus irgendeinem Grund schienen sie ihre ganze Aufmerksamkeit ausgerechnet auf uns zu richten.

Ich knuffte Tanda in die Rippen, aber sie schüttelte mich irritiert ab.

»… natürlich war das nur ein ›Was-wäre-wenn‹ …«

»Natürlich«, sagte der Direktor lächelnd, doch ohne jeden Humor. »Ich glaube, damit wäre unsere Unterredung beendet. Einen guten Tag.«

»Aber …«

»Ich habe gesagt ›Guten Tag‹.«

Damit wandte er sich wieder seiner Arbeit zu und ignorierte uns völlig.

Es wäre der blanke Wahnsinn gewesen, zu versuchen, es mit dem ganzen Raum voller Wachen aufzunehmen. Daher erschrak ich, als ich bemerkte, daß

Schwesterchen sich eben dies gerade überlegte. So beiläufig, wie ich konnte, begann ich Gilbert und Sullivans »Welch undankbare Arbeit ist doch die des Polizisten« zu pfeifen, um sie auf sanfte Weise an die Polizeiwache zu erinnern, die keinen halben Block entfernt war. Tanda warf mir einen Blick zu, der Milch hätte sauer werden lassen können, aber sie verstand meine Botschaft, und so verließen wir die Bank ohne weiteres Getue.

»Und jetzt, Schwesterchen?« fragte ich so taktvoll, wie ich konnte.

»Liegt das nicht auf der Hand?«

Darüber dachte ich eine Weile nach.

»Nein«, gestand ich offen. »Ich habe den Eindruck, als befändest du dich in der Sackgasse.«

»Dann hast du drinnen nicht richtig zugehört«, sagte sie und gewährte mir eins von ihren selbstzufriedenen Grinselächeln. »Der Direktor hat mir einen dicken Hinweis gegeben, was ich als nächstes versuchen soll.«

»... und das wäre?«

»Erinnerst du dich nicht daran, wie er gesagt hat, daß kein Verbrecher diesen Burschen Hoos berauben würde?«

»O ja. Na und?«

»... wenn es hier also tatsächlich Kriminelle gibt, müßte ich in der Unterwelt auch an Informationen herankommen.«

Das hörte sich für mich zwar eine Spur gefährlich an, aber ich habe schon lange gelernt, mit Tanda nicht zu diskutieren, wenn sie sich irgend etwas in den Kopf gesetzt hat. Statt dessen versuchte ich es mit einem anderen Angang.

»Ich will ja nicht meckern«, meckerte ich, »aber

wie willst du denn besagte Unterwelt ausfindig machen? Ich meine, die stehen ja nicht gerade in den Gelben Seiten, weißt du.«

Deutlich verlangsamte sie ihr Schrittempo.

»Das ist wirklich ein Problem«, gab sie zu. »Trotzdem muß es hier die Möglichkeit geben, an Informationen heranzukommen ...«

»Darf ich Ihnen ein Glas kalten Saftes anbieten, Fräulein?«

Das war mein Freund vom Morgen mit seinem Verkaufskarren. Ein Teil von mir wollte ihn mit einem Winken zum Schweigen auffordern, weil es nie das Gesündeste ist, Schwesterchen mitten im Gedanken zu unterbrechen. Aber mir fiel keine Möglichkeit ein, es zu tun, ohne dabei aus der Rolle zu fallen. Tanda jedoch überraschte mich, denn anstatt ihm den Kopf an der Hüfte abzunehmen, weil er ihr Denken gestört hatte, richtete sie ihr betörendstes Lächeln auf ihn.

»Oh, hallo aber auch!« schnurrte sie. »Sagen Sie, ich habe ja überhaupt keine Gelegenheit mehr gehabt, Ihnen dafür zu danken, daß Sie mir heute morgen den Weg zur Polizeiwache erklärt haben.«

Nun kann Schwesterchens Lächeln das Nervensystem eines jeden männlichen Wesens geradezu vernichten, und dieses Individuum bildete keine Ausnahme.

»Ach, keine Ursache«, sagte er errötend. »Wenn ich Ihnen sonstwie noch zu Diensten sein kann ...«

»Oh, da gibt es tatsächlich eine Klitzekleinigkeit, die Sie für mich tun könnten.«

Ihre Wimpern flatterten wie verrückt, und der Saftverkäufer schmolz sichtlich dahin.

»Sagen Sie es nur.«

»Nunnnnn ... Könnten Sie mir vielleicht sagen, wo ich ein bis drei hartgesottene Kriminelle finde? Wissen Sie, ich bin völlig neu hier und kenne keine Menschenseele, die ich fragen könnte.«

Das kam mir doch ein wenig süßlich vor, und ich rechnete damit, daß der Verkäufer die Information verweigern würde, natürlich in dem verwirrten Bestreben, das hübsche Mädchen vor bösen Einflüssen schützen zu wollen. Doch der alte Knabe schien die Sache ganz gelassen zu nehmen.

»Kriminelle, wie?« sagte er und rieb sich das Kinn. »Mit denen habe ich schon eine Weile nicht mehr zu tun gehabt. Aber als ich es noch tat, konnte man sie meistens unten im ›Zur Bewährung‹ finden.«

»Im was?«

»Zur Bewährung. Das ist eine Gaststätte. Der Besitzer hat den Laden aufgemacht, nachdem er einen ziemlich haarigen Prozeß überstanden hatte. Sieht so aus, als hätte der Richter sich nicht geirrt, als er ihn gehen ließ, denn jetzt ist er sauber geworden, soweit ich das beurteilen kann. Aber dort hängen jedenfalls eher die mieseren Elemente herum. Ich schätze, die glauben, daß etwas vom Glück des Besitzers auf sie abfärben könnte.«

Tanda knuffte mich leicht in die Rippen und blinzelte.

»Nun, das hört sich ja an, als wäre das meine nächste Station. Wo, haben Sie gesagt, befindet sich diese Pinte?«

»Nur zwei Blocks die Straße hinunter und dann links die Seitengasse hoch. Sie können es nicht verfehlen.«

»Oh, vielen Dank. Sie waren mir wirklich eine große Hilfe.«

»Keine Ursache. Sind Sie sicher, daß Sie nicht doch etwas Saft möchten?«

»Später vielleicht. Im Augenblick habe ich es eilig.«

Der alte Mann sah ihr kopfschüttelnd nach.

»Das ist das Problem mit den Leuten heute. Alle haben es immer so eilig. Meinen Sie nicht auch, Großer?«

Wieder fand ich mich hin- und hergerissen zwischen dem Verlangen nach einem Gespräch mit diesem kleinen Burschen und der Notwendigkeit, auf das Schwesterchen aufzupassen. Und wie immer obsiegte auch diesmal die Treue zur Familie.

»Ahhh ... Großer Krach ist auch eilig. Spricht später mit kleinem Mann.«

»Klar. Wann immer Sie wollen. Ich bin meistens hier.«

Er winkte mir zum Abschied, und ich erwiderte das Winken, während ich Tanda nacheilte.

Schwesterchen schien ziemlich in Gedanken vertieft, und so hielt ich es für das Klügste, mich ihr schweigend anzuschließen und nichts zu sagen. Ich ging davon aus, daß sie ihren nächsten Schritt plante ... das heißt, so lange, bis sie schließlich doch etwas sagte.

»Sag mal, großer Bruder«, fragte sie mich, ohne mich anzusehen, »was hältst du denn von Bunny?«

Nun hat unserer beider Mutter nicht gerade die dümmsten Kinder aufgezogen. Es bedurfte keiner großartigen Mentalgymnastik, um sich auszumalen, daß dies nicht gerade die beste Zeit war, um das Lob der Rivalin meines Schwesterchens zu singen. Und doch würde ich mir nicht gerade wahrhaftig vorkommen, ja sogar ein wenig unloyal, wenn ich auf so eine direkte Frage falsches Zeugnis abgäbe.

»Äh … nun, man kann nicht bestreiten, daß sie attraktiv ist.«

Tanda nickte zustimmend.

»… auf eine billige, oberflächliche Art, würde ich sagen«, räumte sie ein.

»Natürlich«, fuhr ich vorsichtig fort, »hat sie da ein kleines Problem mit ihrem übersteigerten Leistungszwang.«

»Ein *kleines* Problem! Chumly, du hast wirklich ein Talent für Untertreibungen. Bunny ist eine der ehrgeizigsten Miezen, die ich kenne.«

Plötzlich war ich ganz froh, daß ich kein Wort darüber verloren hatte, welch deutliche Parallelen ich zwischen Bunnys Problem mit übertriebenem Leistungszwang und dem des Schwesterchens sah. Irgendwie bezweifelte ich, daß Tanda bereit sein würde, sich selbst in die Kategorie der ehrgeizigen Miezen einzuordnen. Aber da gab es immerhin noch eine Sache, mit der ich ihr auf den Zahn fühlen wollte.

»Andererseits mag ihr Leistungszwang auch daher rühren, daß sie von Skeeve betört ist.«

Da schlug Tanda gegen ein Straßenschild, das sich daraufhin deutlich schräg legte. Obwohl sie nicht ganz so kräftig ist wie der Erzähler, kann das Schwesterchen ganz schön Hiebe austeilen … vor allem, wenn sie wütend ist.

»Das ist es, was mich wirklich wurmt«, knurrte sie. »Wenn die sich einbildet, daß sie einfach so mir nichts dir nichts auf die Tanzfläche zu schweben braucht, um Skeeve zu übernehmen … Ich wollte schon sagen, daß das nur über meine Leiche ginge, aber dann käme sie noch auf Gedanken. Ich kann es wirklich nicht haben, daß irgendwelche Vorkoster sich an meinem Essen zu schaffen machen, bevor ich es genießen kann. Ich kann dazu nur sagen, daß sie sich noch umschauen wird.«

Ich gewährte ihr meinen längsten, unschuldigsten Blick.

»Aber Schwesterchen!« sagte ich. »Du hörst dich ja richtig eifersüchtig an! Ich hatte ja keine Vorstellung, daß du Skeeve gegenüber irgendwelche romantischen Absichten hegst.«

Diese Bemerkung ließ sie ihren Schritt verlangsamen.

»Na ja, nein, die habe ich eigentlich nicht. Es ist nur, daß ... verdammt, Chumly, wir haben doch dabei geholfen, Skeeve zu dem zu machen, was er heute ist. Man sollte doch meinen, daß er etwas Besseres abbekommen könnte als so eine intrigante Goldgräberin aus dem Nirgendwo.«

»Und zu was ist er geworden? Hmmmm?«

Tanda schoß mir einen Blick zu.

»Ich glaube, ich begreife nicht so ganz, worauf du hinaus willst, großer Bruder.«

»Schau dir doch einmal genau an, was wir da erschaffen haben. Im Augenblick ist Skeeve einer der gefragtesten, erfolgreichsten Magier und Geschäftsleute im ganzen Bazar. Mit was für weiblicher Begleitung rechnest du denn da? Soll er sich an Massha halten? An irgendein Küchenmädchen? Vielleicht an eine der Verkäuferinnen oder an ein Animiermädchen?«

»Na ja, das nun auch nicht gerade.«

Ich war jetzt voll in Fahrt. Es kommt nur selten vor, daß Tanda und ich uns ernsthaft unterhalten, und wenn wir es tun, so geht es meistens darum, daß sie mich wegen irgendeiner Indiskretion zusammenstaucht. Diesmal sollte sie mir nicht entkommen.

»Natürlich weckt Skeeve langsam die Aufmerksamkeit hübscher, hochkarätiger Miezen auf der Suche nach einem Ehemann. Ob es uns gefällt oder nicht, aber der Bursche wird langsam erwachsen ... Und das muß auch anderen auffallen, auch wenn du es noch nicht bemerkt haben solltest. Hand aufs Herz, Schwesterchen: Wenn du ihm heute zum ersten Mal begegnen würdest, anstatt ihn schon seit Jahren zu kennen, würdest du ihn da nicht auch als verlockendes Leckerchen sehen?«

»Er ist zwar noch ein bißchen jung für mich, aber ich verstehe, was du meinst ... und ich fliege auch nicht auf jeden.«

»Seit wann?« fragte ich, aber ich sagte es sehr, sehr leise.

Tanda sah mich streng an, und einen Augenblick glaubte ich schon, daß sie mich gehört hatte.

»Wenn ich dich so reden höre«, meinte sie stirnrunzelnd, »könnte ich fast glauben, daß du für eine Verkupplung von Skeeve mit Bunny bist.«

»Mit ihr oder mit jemandem, der so ist wie sie. Mach dir nichts vor, Schwesterchen, es ist nicht sehr wahrscheinlich, daß sich der Bursche mit seinem gegenwärtigen Lebensstil auf irgendein nettes, höfliches Mädchen von nebenan stürzen wird ... und selbst wenn er das schaffte, hätten wir anderen die doch in Null Komma Nichts von der Platte geputzt.«

Tanda kam fast zum Stehen.

»Du meinst, daß wir durch unsere Anwesenheit Skeeves gesellschaftliches Leben kaputtmachen? Willst du das damit sagen?«

Ich hätte sie am liebsten an der Schulter gepackt und durchgeschüttelt, aber selbst mein sanftestes Schütteln kann noch ziemlich gewaltig wirken, und ich wollte nicht wegen versuchten Straßenraubs festgenommen werden. Statt dessen gab ich mich damit zufrieden, sie mit meinem strengsten Gesichtsausdruck anzublicken.

»Nun laß die schlechte Laune nicht an mir aus! Ich will doch nur sagen, daß Skeeve sich daran gewöhnt hat, mit ziemlich großen Zampanos zusammenzusein, daher braucht es auch eine zähere Dame als sonst, um sich in seiner Gegenwart wohl zu fühlen, und umgekehrt. Mit jemandem wie dieser Luanna wäre er doch nur todunglücklich.«

»Was ist denn an Luanna verkehrt?«

Ich zuckte die Achseln und nahm unseren Spaziergang wieder auf, womit ich Tanda zwang, mit mir Schritt zu halten.

»Oh, sie ist sicherlich hübsch genug. Aber sie ist auch eine kleinkarierte Schwindlerin, die so kurzsichtig ist, daß sie ihn schon beim ersten Gegenwind verkaufen würde. Kurz gesagt, sie wäre ein Mühlstein um seinen Hals, der ihn am Klettern hindert und möglicherweise in die Tiefe zerren würde. Wenn wir den Jungen schon mit einer Schwindlerin verkuppeln müssen, dann sollte es wenigstens eine mit Format sein ... sagen wir beispielsweise mit jemand, der den ganzen Mob in der Aussteuer hat.«

Damit brachte ich Tanda wenigstens zum Lachen, woran ich erkannte, daß das Schlimmste vorüber war.

»Chumly, du bist unglaublich! Und ich dachte immer, daß nur Frauen solche manipulierenden Kupplerinnen sind. Ich habe es noch nie erkannt, aber du bist ja ein richtiger Snob, großer Bruder.«

»Denkst du«, sagte ich mit meinem besten, abgehacktesten Akzent. »Diese Beobachtung akzeptiere ich mit Stolz ... wenn ich mir die Alternativen überlege. Ich glaube, jeder würde es vorziehen, ein Snob zu sein, wenn er jemals wirklich die Wahl hätte.«

»Warum bleiben wir eigentlich stehen?«

»Nun, wenn wir für den Augenblick damit fertig sein sollten, die Zukunft Skeeves zu verplanen, haben wir, glaube ich, etwas Geschäftliches zu erledigen.«

Sie sah in die Richtung, in die ich zeigte, nämlich auf ein zweifelhaft aussehendes Etablissement, das mit einem verblaßten Schild geschmückt war, das es als das *Zur Bewährung* auswies. Jene Fenster, die man nicht überstrichen hatte, waren entweder eingeschlagen oder völlig verschwunden, ein dunkles Inneres offenbarend. Wären da nicht die eindeutigen Geräusche von Konversation und Gelächter gewesen, man hätte glauben können, daß das Gebäude verlassen war.

Tanda trat vor, dann blieb sie wieder abrupt stehen.

»Einen Moment, großer Bruder. Was soll das heißen, ›wir‹?«

»Na ja, ich habe mir gedacht, wenn ich schon hier bin, kann ich ja mal einfach ...«

»Falsch«, erwiderte sie entschieden. »Das ist immer noch meine Aufgabe, Chumly, und ich bin durchaus in der Lage, sie allein zu bewältigen.«

»Oh, ich würde ja nicht mal einen Ton sagen.«

»Nein, du würdest nur alle mit deinem zahnigen Riesengrinsen anschauen und sie einschüchtern, damit sie mit mir zusammenarbeiten. Na schön, du kannst hier draußen warten, während ich allein hineingehe. Wenn du nichts dagegen hast, möchte ich lieber meine eigenen Einschüchterungsmanöver durchführen.«

Das war es genau, was ich befürchtete.

»Es wäre weniger brutal, wenn ich mitkäme«, argumentierte ich schwach.

»Aber großer Bruder«, sagte sie mit einem Zwinkern. »Ein bißchen Brutalität hat mich noch nie bekümmert. Ich dachte, das wüßtest du.«

Ausmanövriert und mattgesetzt, blieb mir nichts anderes übrig, als mich gegen die Mauer zu lehnen und zuzusehen, wie sie den Gasthof betrat.

»Ach, ich weiß, kleine Schwester«, sagte ich, »glaube mir, das weiß ich.«

Obwohl ich am Vorgang selbst nicht aktiv teilnehmen durfte, war ich verständlicherweise neugierig und hielt die Ohren gespitzt, um wenigstens anhand der Geräusche zu erkennen, was los war. Da brauchte ich nicht lange zu warten.

Kaum war Tanda eingetreten, als das Gesprächsgemurmel abrupt endete. Es folgte ein unheilschwangeres Schweigen, dann ein gemurmelter Kommentar, der ein scharfes Gelächter provozierte.

Ich schloß die Augen.

Das, was nun geschah, war so vorherbestimmt wie eine Choreographie. Ich erkannte Schwesterchens Stimme, wie sie, lauter geworden, eine Frage stellte und wieder nur ein Lachen erntete. Dann das unmißverständliche Geräusch zerberstender Möbel. Nein, das stimmt nicht ganz. Tatsächlich deutete das Geräusch auf gewisse Vorbereitungen hin, wie wenn man ein Stück Möbel beispielsweise durch den freien Raum schwingen läßt, bis es auf einen unbeweglichen Gegenstand stößt – beispielsweise auf einen Kopf.

Das Gezeter wurde lauter, sein Spektrum reichte von Empörtheit bis zum Zorn, kontrapunktiert von schepperndem Glas und ähnlichen Kakophonien. Die Jahre der Gemeinsamkeit mit Tanda hatten mein Ohr geschult, und so amüsierte ich mich mit dem Versuch, den Schaden am Geräusch zu katalogisieren.

Das war ein umstürzender Tisch …

… und noch ein Stuhl …

… ein Spiegel (wie hat sie nur die Gläser und Krüge verfehlt?) …

… keine Zweifel, das war ein brechender Knochen …

… ein Kopf, der auf die Theke aufprallte, seitlich, glaubte ich …

… ah, *da* kommen ja die Gläser …

Neben mir krachte jemand durch die Glasscheiben, prallte einmal auf dem Gehsteig auf und blieb schließlich als schlaffes Bündel liegen … noch dazu als ziemlich großes.

Wenn ich mich nicht irrte, griff Schwesterchen in diesem Handgemenge auf Magie zurück, sonst hätte sie bei einem horizontalen Wurf wohl kaum so viel zusätzliche Schubkraft erwirtschaftet. Entweder das, oder sie war *wirklich* wütend! Ich überlegte mir, ob ich sie dafür tadeln sollte, daß sie unsere ungeschriebenen Gesetze über die Vermeidung von Magie bei Wirtshausschlägereien mißachtet hatte, entschied aber, ein Auge zuzudrücken. Sollte sie einfach nur übermäßig erregt sein, würde ein solcher Kommentar unweigerlich Reaktionen zeitigen, und Tanda kann schon ein recht schwieriger Gegner sein, selbst wenn sie nicht gerade auf Hochtouren läuft.

Inzwischen war der Lärm im Gebäude verstummt, statt dessen herrschte ein ominöses Schweigen vor. Ich dachte mir, daß dies wohl eine nette Gelegenheit sei, um mal selbst nach dem Rechten zu sehen, und so schlich ich mich langsam die Mauer entlang, um durch die Tür zu spähen.

Abgesehen von einem einzigen einsamen Stuhl, der offenbar ungeschoren davongekommen war, war der Rest nur noch eine einzige Ruine aus Splittern und Fetzen. Schlaffe oder stöhnende Leiber, willkürlich über das Geröll verteilt, verliehen der Szene den Charakter eines Schlachtfeldes nach schweren Kämpfen ... was ja auch stimmte.

Das einzige überraschende Element war Tanda. Anstatt voller Stolz das Blutbad zu begutachten, wie es normalerweise ihre Gewohnheit war, lehnte sie an der Theke und unterhielt sich in aller Ruhe mit dem Barkeeper. Dieses Rätsel fand schnell eine Lösung, als das fragliche Individuum nämlich plötzlich in meine Richtung spähte und meine kaum zu verwechselnden Umrisse im Türrahmen erblickte.

»He, Chumly! Komm herein und trink mit uns auf meine längst überfällige Renovierung.«

Tanda warf mir einen scharfen Blick zu, dann nickte sie einwilligend.

»Komm schon rein, großer Bruder. Wetten, daß du nicht errätst, wem dieser Schuppen gehört?«

»Ich glaube, ich habe es gerade selbst herausgefunden«, sagte ich und nahm einen Drink aus einer zerborstenen Flasche, die auf der Theke stand. »Hallo, Wiesel. Ein bißchen abseits deiner normalen Jagdgründe, nicht wahr?«

»Nicht mehr«, meinte er achselzuckend. »Das hier ist dieser Tage mein trautes Heim. Kenne sonst keinen Ort, wo man mich als respektierlichen Geschäftsmann hätte gewähren lassen.«

Tanda verschluckte sich fast an ihrem Drink.

»Als respektierlichen Geschäftsmann? Komm schon, Wiesel. Du redest gerade mit Tanda und Chumly. Wie lange kennen wir uns jetzt schon? Ich glaube nicht, daß du in der ganzen Zeit auch nur einmal einen einzigen ehrlichen Gedanken hattest.«

Wiesel schüttelte traurig den Kopf.

»Sieh dich doch nur um, Süße. Das hier ist mein Betrieb ... jedenfalls war er es bis vor kurzem. Ich habe ihn jetzt eine ganze Weile ehrlich und anständig geführt. Das mag vielleicht nicht so aufregend sein wie mein früherer Lebensstil, aber er ist mindestens so einträglich, weil ich keine Zeit im Knast vergeuden muß.«

Schwesterchen wollte gerade eine abfällige Bemerkung machen, als ich ihr den Ellenbogen in die Rippen stieß. Ich bin zwar dem Diebstahl gelegentlich selbst durchaus nicht abgeneigt, aber ich dachte mir, daß wir es Wiesel, sollte er tatsächlich anständig werden wollen, nicht noch mit Gewalt schwerer machen sollten.

»Dann erzähl doch mal, alter Knabe«, sagte ich, »wie ist denn diese erstaunliche Reform zustande gekommen? Durch eine gute Frau oder durch eine mißlungene krumme Sache?«

»Tatsächlich durch keins von beiden. Nein, ich bin reingelegt worden ... diesmal wirklich, das kannst du mir glauben. Ich hatte nichts das geringste getan, aber alle Beweise deuteten auf meine Schuld hin. Ich dachte, nun wäre ich am Ende, aber da taucht plötzlich dieser Typ auf und stützt mir ordentlich kräftig den Rücken. Ich meine, er macht sich richtig zu meinem Sprachrohr, und als die Geschworenen mich trotzdem für schuldig befinden, bequatscht er den Richter und schindet für mich Bewährung heraus.

Und damit nicht genug, rückt er auch noch mit dem nötigen Kleingeld rüber, das ich brauche, um diesen Laden hier aufzumachen ... ein netter, zinsloser Kredit. ›Zahl ihn irgendwann mal zurück, wenn du kannst‹, sagte er. Ich will euch eins sagen, noch nie habe ich jemanden erlebt, der so an mich geglaubt hat. Da mußte ich drüber nachdenken, daß ich immer behauptet habe, daß ich ja gezwungen sei, ein krummer Hund zu sein, weil mir ja niemand eine echte Chance gebe. Nun, jedenfalls habe ich beschlossen, es mit dem ehrlichen Leben zu versuchen ... und bisher habe ich es auch nicht bereut.«

»Dieser geheimnisvolle Wohltäter, den du da erwähnst ... der heißt wohl nicht zufällig Hoos?«

»Stimmt genau, Chumly. Das ist mit Sicherheit der prächtigste Mann, den ich jemals kennengelernt habe. Weißt du, ich bin nämlich nicht der einzige, dem er aus der Patsche geholfen hat. Die meisten Leute in dieser Dimension haben sich irgendwann einmal von ihm helfen lassen. Es wundert mich nicht, daß du von ihm gehört hast.«

Tanda setzte ihr gewinnendstes Lächeln auf.

»Das führt mich zu dem Grund, weshalb ich hier bin, Wiesel. Ich versuche nämlich, diesen Burschen Hoos aufzuspüren, aber bisher haben mir die Leute am Ort nicht sonderlich viel weitergeholfen. Kannst du mich nicht mal einführen oder mir wenigstens einen Tip geben?«

Das Lächeln auf Wiesels Gesicht verschwand so plötzlich, als hätte ihm jemand gerade mitgeteilt, daß sein reicher Erbonkel ihn enterbt hatte. Sein Blick verlor jeden Brennpunkt, und er fuhr sich nervös mit der Zunge über die Lippen.

»Tut mir leid, Tanda«, sagte er. »Da kann ich dir nicht weiterhelfen.«

»Einen Augenblick mal, alter Knabe.« Tandas Lächeln wirkte jetzt ein wenig gequält. »Du mußt doch wissen, wo man ihn finden kann. Wohin machst du denn deine Einzahlungen?«

»Die letzte Rate habe ich vor einem halben Jahr bezahlt. Wenn du mich jetzt entschuldigen möchtest ...«

Doch bevor er auch nur einen Schritt machen konnte, hatte Tanda ihn schon am Kragen gepackt.

»Wiesel, du willst mich an der Nase herumführen«, knurrte sie und beendete damit jeden Versuch, lieblich zu wirken. »Entweder sagst du mir jetzt, wo ich diesen Typen Hoos finde, oder ich ...«

»Oder was? Willst du den Laden demolieren? Da kommst du ein bißchen spät, Liebchen. Wenn du dich über den letzten Stuhl hermachen willst, dann nur zu. Der paßt inzwischen sowieso nicht mehr besonders gut zur Einrichtung.«

Schwesterchens Miene sagte mir, daß sie keineswegs daran dachte, den Stuhl zu vernichten sondern lieber etwas anderes, daher hielt ich es für besser einzugreifen, bevor die Sache völlig aus dem Ruder lief.

»Wenn dir die Frage nichts ausmacht, alter Knabe, gibt es irgendeinen besonderen Grund dafür, daß du auf eine schlichte Bitte derartig stur ablehnend reagierst?«

Tanda schoß mir einen von ihren ›Halt-du-dich-daraus‹-Blicken zu, aber Wiesel schien sich an der Unterbrechung nicht zu stören.

»Machst du Witze?« fragte er. »Vielleicht hast du nicht richtig zugehört, aber ich schulde diesem Burschen einiges ... und zwar sehr viel mehr als nur einen Kredit, den ich zurückzahle. Er hat mir eine Chance gegeben, einen Neuanfang zu versuchen, als alle anderen mich bereits abgeschrieben hatten. Und da soll ich ihm meine Dankbarkeit dergestalt beweisen, daß ich ihm zwei Schlägertypen auf den Hals hetze?«

»Schlägertypen?«

Sie sagte es sehr leise, aber ich glaube kaum, daß irgend jemand im Raum Tandas Absicht mißverstand. Tatsächlich begannen einige ihrer jüngsten Spielgefährten, die inzwischen wieder bei Bewußtsein waren, auf die Tür zuzukriechen, um mehr Entfernung zwischen sich und die drohende Explosion zu legen.

Wiesel jedoch blieb uneingeschüchtert.

»Ja, Schlägertypen. Was war denn das sonst hier vor ein paar Minuten? Ein Kindergeburtstag?«

»Jetzt hat er dich, Schwesterchen.«

Worauf sie mit ihrem Kopf scharf herumruckte.

»Halt's Maul, Chumly!« knurrte sie. »Das hier ist mein Auftrag. Hast du das vergessen?«

»Ich möchte auch nicht mit dir tauschen. Aber ich glaube trotzdem, daß Wiesel nicht ganz unrecht hat. Du machst wirklich nicht den Eindruck, als wärst du nur auf ein friedliches Gespräch aus.«

Zuerst glaubte ich, daß sie mir an die Gurgel gehen würde. Aber dann atmete sie tief durch und ließ die Wut entweichen.

»Einwand stattgegeben«, sagte sie und lockerte ihren Griff. »Wiesel, ich möchte mit diesem Burschen Hoos einfach nur sprechen. Keine Gewalttätigkeiten, das verspreche ich dir.«

Der Wirt schürzte die Lippen.

»Ich weiß nicht, Tanda. Ich würde dir gern glauben. Ich schätze, wenn Chumly auch bestätigen würde, daß ...«

Das war das Ende. Tanda machte auf dem Absatz kehrt und schritt zur Tür hinüber.

»Wenn es erst Chumlys Bestätigung braucht, dann vergiß es. In Ordnung? Ich erledige diese Sache auf meine Art, ohne Hilfe, und wenn dabei jemand dran glauben muß.«

»He, nun hau doch nicht so wütend ab«, rief Wiesel ihr nach. »Ich werde dir sagen, was ich tun will. Wenn die Polizei fragt, was hier passiert ist, halte ich deinen Namen aus der Sache heraus, okay? Ich stelle mich einfach dumm und streiche die Versicherung ein. Dann verliere ich zwar meinen Schadensfreiheitsrabatt, aber ...«

»Meinetwegen brauchst du überhaupt nichts zu verlieren. Rechne den Schaden zusammen, dann übernehme ich die Kosten persönlich.«

Damit schlug sie die Tür von außen zu und schnitt jedes weitere Gespräch ab.

»Macht die Witze?« wollte Wiesel wissen. »Das wird eine Stange Geld kosten, den Laden wieder herzurichten.«

»Ich weiß es wirklich nicht, alter Knabe. Sie ist echt wütend, aber sie ist auch wütend genug, daß ich mich ihr nicht widersetzen würde. Ich an deiner Stelle würde damit anfangen, den Schaden zusammenzurechnen. Was meinst du?«

»Verstanden habe ich dich schon«, nickte er. »Na schön, du solltest ihr lieber nachgehen, bevor sie noch in Schwierigkeiten kommt. Tut mir leid, daß ich so eine harte Nuß bin, aber ...«

»Ach was«, winkte ich ab. »Wenn man alles bedenkt, warst du mehr als großzügig. Na schön, mach's gut.«

Ich hatte damit gerechnet, meinem Schwesterchen

wie zuvor hinterherlaufen zu müssen, bis ich es eingeholt hatte. Statt dessen fand ich Tanda aber direkt vor der Kneipe auf dem Gehsteig sitzend. Nun ist sie nicht der Typ, der weint, weder aus Zorn noch aus Frustration, aber wie ich sie dort sitzen sah, die Schultern zusammengeschoben und das Kinn auf den Händen ruhend, kam mir der Gedanke, daß dies eines dieser seltenen Male sein könnte.

»Sag mal, du nimmst die Sache wirklich ganz schön schwer, nicht wahr?« fragte ich so sanft es ging.

Sie sah mich nicht an.

»Es ist nur, daß ... Ach, Scheiße! Wiesel hat recht und du auch. Ich bin herumgestampft wie der Elefant im Porzellanladen, und alles, was ich erreicht habe, ist, daß mir nicht einmal meine eigenen Freunde helfen wollen. Das wird mir Bunny täglich aufs Brot schmieren, wenn ich nicht mal einen simplen Inkassoauftrag bewältige.«

Ich kauerte mich neben ihr nieder und legte ihr einen tröstenden Arm um die Schulter.

»Ich glaube, eben das könnte dein Problem sein, Schwesterchen. Du versuchst so angestrengt einen Geschwindigkeitsrekord aufzustellen, um Bunny zu beeindrucken, daß du die Sachen überstürzt ... selbst für deine Verhältnisse. Also ich möchte vorschlagen, daß wir uns jetzt irgendwohin zurückziehen und die Sache ein wenig durchdenken, hm? Vergiß deine Absicht, den Job möglichst schnell zu erledigen, und konzentriere dich lieber darauf, ihn überhaupt zu bewältigen.«

Das richtete sie ein wenig auf, und es gelang ihr sogar ein mattes Lächeln.

»In Ordnung«, erwiderte sie. »Auch wenn ich die

Sache nach wie vor lieber allein erledige, läßt sich wohl doch nichts dagegen einwenden, dich als Berater zu nutzen, wenn du schon da bist. Was ich jetzt wirklich brauche, um mich zu beruhigen, das ist ein ordentlicher Drink. Du hast wahrscheinlich auch keine andere Kneipe außer diesem ›Zur Bewährung‹ entdeckt, wo wir ...«

»Ein Glas Saft gefällig?«

Als wir den Blick hoben, sahen wir den alten Knaben mit seinem Verkaufskarren, wie er auf uns herunterlächelte. Einen Augenblick lang fürchtete ich schon, daß Tanda ihn anfauchen würde, aber statt dessen gewährte sie ihm ein Grinsen, das sehr viel echter war als ihr früheres Lächeln.

»Danke, aber ich hatte eigentlich an etwas Kräftigeres gedacht. Und da wir schon beim Dank sind, möchte ich Ihnen sagen, daß ich die Information, die Sie mir vorhin gegeben haben, durchaus zu schätzen wußte ... Es ist schon das zweite Mal, daß Sie mir geholfen haben. Ich schätze, ich war wohl ein wenig zu sehr in Eile und habe deshalb meine Manieren vergessen.«

»Keine Ursache. Sieht so aus, als wären heutzutage alle in Eile. Ich dagegen, ich meine immer, man sollte sich Zeit lassen und die Dinge genießen. Wir haben doch alle so wenig Zeit, da sollten wir wenigstens das bißchen genießen, was uns zur Verfügung steht.«

Tanda lächelte ihn nun voller ehrlicher Wärme an, und nicht mit ihrer falschen Leidenschaft.

»Das ist ein guter Rat«, meinte sie. »Ich werde versuchen, mich daran zu erinnern. Komm schon, Chumly. Wir müssen einiges an Planung erledigen ... das heißt, langsame und sorgfältige Planung.«

»Na ja, Sie brauchen nur zu rufen, wenn ich Ihnen helfen soll.«

»Danke, aber was wir wirklich brauchen, ist jemand, der uns zu einem Kontakt mit Mr. Hoos verhelfen kann. Ich vermute, Sie wissen auch nicht zufällig, wo ich ihn finden kann?«

»Oh, das ist doch ganz einfach.«

»Das ist ganz einfach?«

Ich glaube, wir sagten es zusammen im Chor. Es war eben eine von diesen Überraschungen.

»Na klar. Stehen Sie einfach auf, blinzeln Sie dreimal, und schon wird er hier sein.«

Das klang mir denn doch ein bißchen arg daneben, und zum ersten Mal begann ich ernsthafte Zweifel an der geistigen Gesundheit des alten Knaben zu hegen. Schwesterchen aber schien ihn ernst zu nehmen. Im Nu war sie auf den Beinen und blinzelte wild.

»Nun?« fragte sie und sah sich um.

»Erfreut, Sie kennenzulernen, Fräulein. Mein Name ist Hoos. Und wie lautet der Ihre?«

Wir gafften ihn an ... Das schien im Augenblick die logischste Reaktion zu sein.

»Sie?!« brachte Tanda schließlich hervor. »Warum haben Sie denn nicht schon vorher was gesagt?«

»Habe ja eben erst erfahren, daß Sie nach mir suchen.«

Es ging mich wirklich nichts an, aber ich mußte die Frage einfach stellen.

»Nur aus Neugier: Weshalb mußte Schwesterchen denn dreimal blinzeln?«

Während ich sprach, fiel mir auf, daß ich vergessen hatte, wie der Große Krach zu reden. Hoos schien es nicht zu bemerken.

»Das war es eigentlich gar nicht. Es ist nur, daß Sie

sich so viel Mühe gegeben haben, um mich aufzuspüren, daß ich glaubte, man könnte das Treffen ein wenig weniger antiklimaktisch machen, indem ich es etwas verbräme. Nun, was kann ich für Sie tun?«

Das schelmische Leuchten im Auge des alten Knaben weckte in mir den Verdacht, daß er keineswegs so arglos war, wie er es die Leute gern glauben machte. Tanda allerdings entging es, während sie ein etwas zerknittertes Blatt Papier aus der Jacke zog.

»Mr. Hoos«, sagte sie forsch. »Ich bin hier im Auftrag eines Klienten, der der Auffassung ist, daß Sie ihm noch Geld wegen dieser alten Rechnung schulden. Nun würde ich gerne wissen, wann er mit einer Begleichung rechnen kann oder ob Sie es vorziehen würden, einen Plan für regelmäßige Ratenzahlungen aufzustellen.«

Hoos nahm ihr das Papier ab und musterte es beiläufig.

»Also wirklich ... Ich hätte schwören können, daß ich ihm am nächsten Tag bereits einen Scheck ausgestellt habe.«

»Er hat in der Tat etwas über einen Scheck gesagt, der aber nicht angenommen wurde«, gestand Tanda zu.

»Er muß zu lange gewartet haben, bis er ihn einlösen wollte. Verdammt! Ich dachte, ich hätte alles bedacht.«

»Sie haben Ihr Konto bei der Bank aufgelöst?«

Hoos zwinkerte ihr zu.

»Nein, ich habe die ganze Bank beseitigt. Das war damals, als ich meine Holdings konsolidierte.«

»Oh. Nun, wie ich schon sagte, wenn Sie einen Ratenzahlungsplan aufsetzen wollen ...«

Er winkte ab und öffnete den Deckel seines Karrens. Mit meinem Höhenvorteil konnte ich erkennen, daß der Boden mit Goldmünzen gefüllt war.

»Warum begleichen wir die Sache nicht sofort?« fragte er. »Habe ein bißchen Bargeld dabei. Mal sehen, sicherlich wollen Sie auch Verzugszinsen haben ...«

»MR. HOOS!«

Als wir uns umdrehten, sahen wir, wie der Bankdirektor auf uns zugeeilt kam.

»Ich dachte, wir hätten uns darauf geeinigt, daß Sie sämtliche Transaktionen ausschließlich über die Bank laufen lassen! Mit Bargeld herumzulaufen heißt doch, kriminelle Elemente zu provozieren, nicht wahr?«

»Was ist denn das für ein Überfall hier?« wollte Wiesel wissen, der hinter uns aus der Tür kam. »Das sieht mir aber gar nicht nach einem freundschaftlichen Geplauder aus!«

Inzwischen bildete sich eine Menge, als immer mehr Passanten zu uns herüberkamen und Händler ihre Läden verließen. Keiner von ihnen sah sonderlich glücklich aus ... oder auch nur freundlich.

»Ich weiß ja, daß du die Sache lieber selbst erledigen willst, Schwesterchen«, murmelte ich. »Aber macht es dir was aus, wenn ich mal wenigstens meine Zähne blecke, um dieses Gesocks ein bißchen abzuhalten? Ich meine, ich möchte schließlich auch lebend hier herauskommen.«

»IMMER MIT DER RUHE, LEUTE!«

Hoos stand auf dem Sitz seines Karrens und hatte die Hände beschwichtigend erhoben. »Diese kleine Dame hier befindet sich im Besitz einer rechtlich gültigen Rechnung, die sie gerade eintreiben will. Das ist alles. Also beruhigt euch jetzt und geht zurück an eure Arbeit. Kann man denn nicht mal mehr in Ruhe ein paar kleinere Geschäfte abwickeln?«

Das schien die meisten der Zuschauer zu befriedigen, und so verteilten sie sich wieder langsam. Wiesel und der Bankdirektor allerdings rührten sich nicht vom Fleck.

»Zeigen Sie mir die Rechnung«, verlangte der Direktor. »Können Sie sich noch an diese Schuld erinnern, Mr. Hoos?«

»Ja, ich kann mich noch an diese Schuld erinnern, Mr. Hoos«, erwiderte Hoos, die Stimme des Direktors nachäffend. »Und wenn Sie nichts dagegen haben, werde ich sie jetzt einfach begleichen, dann ist die Angelegenheit erledigt.«

»Nun, das ist höchst ordnungswidrig. Ich verstehe nicht, warum die nicht einfach den normalen Dienstweg gegangen sind und ihre Forderungen bei der Bank vorgelegt haben.«

»Wir *haben* ja bei der Bank hereingeschaut«, bellte Tanda. »Aber alles, was uns das einbrachte, war eine Umzingelung durch bewaffnete Wachen.«

Der Direktor sah sie schräg an.

»Ach ja. Ich erinnere mich«, sagte er gedehnt. »Woran ich mich allerdings nicht erinnere ist, daß sie irgend etwas darüber gesagt hätten, Sie wollten eine Forderung eintreiben. Statt dessen wurde allerdings ein Banküberfall erwähnt. Nicht wahr?«

»Du hast die Sache wirklich ein bißchen überstürzt, Schwesterchen«, tadelte ich sie sanft.

»Soll das heißen, daß du ganz legal gearbeitet hast, Tanda?« meldete sich Wiesel zu Wort. »Warum hast du das nicht gleich gesagt?«

»Habe ich doch! Was ist hier überhaupt los, Wiesel?«

»Mr. Hoos ist ein sehr reicher Mann«, erklärte der Bankdirektor. »Er ist auch sehr großzügig ... manchmal mehr, als ihm guttut.«

»Es ist doch schließlich mein Geld, nicht?« konterte Hoos. »Also, wo waren wir stehengeblieben? Ach ja.«

Er begann damit, eine Handvoll Goldmünzen nach der anderen in eine Papiertüte zu schaufeln.

»... wir sprachen gerade über Verzugszinsen. Wieviel muß ich Ihrer Meinung nach bezahlen, um die Umtriebe zu begleichen, die ich verursacht habe?«

»Versteht ihr, was wir meinen?« fragte Wiesel. »Mr. Hoos, etwaige Verzugszinsen hätten zur Zeit der Verschuldung festgelegt werden müssen. Jetzt mehr zu bezahlen, hieße nur, Ihr Geld zum Fenster herauszuwerfen.«

Der Bankdirektor bescherte uns einen schwachen Vorwand für ein verständnisvolles Lächeln.

»Wie Sie sehen, verdanken viele von uns in dieser Dimension Mr. Hoos ihr Glück. So haben wir es auf uns genommen, ihn vor unnötigen Ausgaben zu beschützen ... ganz zu schweigen von jenen, die seine Großzügigkeit ausnutzen wollen.«

»... nachdem sie selbst von seiner Großzügigkeit profitiert haben«, fügte ich unschuldig hinzu.

Das ließ Hoos keckernd loslachen.

»Genauso ist es, Großer«, sagte er. »Aber seien Sie nicht zu streng mit den Jungs. Es gibt niemanden, der ehrlicher wäre als ein reformierter Krimineller. Soll ich Ihnen mal erzählen, was der Direktor hier früher gemacht hat, bevor ich ihn auf Kaution rausgeholt habe?«

»Es wäre mir lieber, Sie täten es nicht«, warf der Direktor knurrig ein, aber in seiner Stimme schwang ein Flehen mit.

Wieder erblickte ich das schelmische Glitzern im Auge des alten Knaben und begann mich zu fragen, wer es wohl gewesen sein konnte, der Wiesel hereingelegt hatte, bevor der sich dazu entschloß, anständig zu werden. Ich glaube, Schwesterchen bemerkte es auch.

»Zinszahlungen sind hier wohl nicht erforderlich, Mr. Hoos«, sagte sie und nahm ihm die Tüte ab. »Ich bin sicher, daß mein Klient froh sein wird, wenn die Summe selbst beglichen ist.«

»Sind Sie wirklich sicher? Kann ich Ihnen nicht irgendeine Kleinigkeit für Ihre Mühe geben?«

»Tut mir leid. Unsere Firma läßt es nicht zu, daß ihre Agenten Trinkgelder annehmen. Wiesel, du schickst mir noch eine Rechnung für den Schaden, den ich in deinem Laden angerichtet habe?«

»Schon da, Liebchen«, sagte der Wirt und wedelte damit.

»Also«, warf Hoos ein und griff wieder in seinen Karren. »Dann darf ich wenigstens diese Unkosten für Sie begleichen.«

Tanda schüttelte den Kopf.

»Das gehört zu unseren Spesen. Wirklich, Mr. Hoos, ich arbeite bereits ehrlich. Da brauche ich keinen Bonus. Komm, Chumly. Es ist Zeit, daß wir gehen.«

Wir winkten den anderen zum Abschied zu, dann baute ich mich neben ihr auf, während sie mit den Drehungen begann, durch die wir zu unserem Hauptquartier auf Tauf zurückgeblippt werden würden.

»Vielleicht sollte ich die Sache gar nicht erwähnen, Schwesterchen«, sagte ich leise. »Aber wenn mein Auge für angerichteten Schaden mich nicht trügt, dürfte diese Rechnung doch den Anteil unserer Firma an der eingetriebenen Summe dicke übersteigen, nicht?«

»Ich habe gesagt, daß ich persönlich dafür aufkommen werde, und das werde ich auch«, erwiderte sie murmelnd. »Wichtig ist nur, daß ich diesen Auftrag in Rekordzeit erledigt habe ... und wenn du Bunny irgend etwas von den Schäden erzählen solltest, wirst du dir noch wünschen, du wärst nie geboren worden. Verstehen wir uns, großer Bruder?«

Kapitel 3

Design oder nicht sein.
Colani

»Ich muß dir wirklich ein Kompliment machen, meine Liebe. Immer wieder wundere ich mich darüber, wie du mit so wenig doch so viel erreichen kannst.«

Das war Bunnys Kommentar, nachdem Tanda über ihren letzten Auftrag berichtet hatte. Ich hatte sie gebeten, dabeizusitzen und Notizen zu machen, und muß zugeben, daß sie außerordentlich aufmerksam zugehört hatte … was mehr war, als ich von mir sagen konnte. Dem Bericht zufolge war der Auftrag die reine Routine gewesen, stinklangweilig, aber bevor ich nicht Chumlys Version der Angelegenheit gehört hatte, mochte ich mich noch nicht auf ein endgültiges Urteil festlegen. Der Troll aber war nirgendwo zu finden … Eine Tatsache, die mich mehr als mißtrauisch machte. Bunny jedoch war so effizient wie eh und je, sie überspielte meine Geistesabwesenheit, indem sie eigene Komplimente aussprach.

»Oh, vielen Dank, Bunny«, schnurrte Tanda zurück. »Dein Urteil bedeutet mir natürlich sehr viel, weil ich ja weiß, wieviel du davon verstehst, mit minimalen Ressourcen auskommen zu müssen.«

Ich dachte daran, wie nett es war, daß die beiden so gut miteinander auskamen. Unser Unternehmen würde in ein ganz schönes Durcheinander geraten, falls sie sich dazu entschließen sollten, sich zu befehden.

Zugleich fiel mir auf, daß hier für eine freundschaftliche Zusammenkunft ganz schön viel Zahn gezeigt wurde. Ich beschloß, das Thema zu wechseln, bevor die Sache noch *zu* freundschaftlich wurde.

»Während du fort warst, war es hier ziemlich ruhig, Tanda«, sagte ich. »So gibt es kaum Neuigkeiten. Wie steht's, Bunny? Irgendwelche neuen Vorhaben, von denen wir wissen sollten?«

Bunny machte eine große Show daraus, ihren Notizblock zu konsultieren. Das ließ mich sofort aufhorchen. Ich weiß schließlich, daß Bunny alles fein säuberlich im Kopf gespeichert hat und daß sie ihren Notizblock nur dann zu Rate zieht, wenn sie in Wirklichkeit Zeit herausschinden will, um entscheiden zu können, ob sie mich auf irgend etwas aufmerksam machen soll oder nicht. Ich mag zwar manchmal etwas langsam im Kapieren sein, aber ich lerne durchaus dazu.

»Na jaaaa«, sagte sie gedehnt. »Das einzige, was hier eingetragen ist, ist ein Termin mit einem gewissen Hysterium.«

»Hysterium? Woher kenne ich diesen Namen? Einen Augenblick mal. Habe ich nicht vor ungefähr einer Woche einen Brief von ihm gelesen?«

»Das stimmt. Er ist ein Bodenspekulant und Baugrundentwickler, der schon eine ganze Weile versucht, dich aufzusuchen.«

»Das sollte doch kein Problem sein. Um wieviel Uhr ist der Termin?«

Bunny starrte wieder auf ihre Aufzeichnungen.

»Eigentlich hatte ich daran gedacht, den Termin zu verschieben oder sogar ganz zu streichen«, meinte sie.

»Und warum sollten wir das tun?«

Ich war verärgert, aber neugierig. Ich war wirklich nicht wild darauf, daß Bunny versuchte, mir meine Entscheidungen abzunehmen. Aber da sie ein gutes Gespür fürs Geschäft hatte, wollte ich gern wissen, warum dieser Bursche sie zögern ließ.

»Es geht um das, was ich dir schon mal zu erklären versucht habe, Skeeve. Deine Zeit ist kostbar. Die kannst du nicht auf den nächstbesten Penner verschwenden, der mal eben einen Termin machen möchte.«

»... und du glaubst, daß dieser Bursche ein Penner ist?«

»Das muß er sein«, bemerkte sie achselzuckend. »Worüber er sich unterhalten will, gehört einfach nicht in unseren Tätigkeitsbereich. Soweit ich die Sache verstanden habe, will er, daß wir für ihn als Innenarchitekten arbeiten.«

Da mischte sich Tanda in das Gespräch ein.

»Du machst wohl Witze. Als Innenarchitekten?«

Bunny kicherte richtig und wandte sich Tanda verschwörerisch zu.

»So ist es. Offenbar hat er damit begonnen, einen Motelkomplex zu errichten, wobei er sich darauf verließ, daß er damit die einzige Hotelunterkunft in der Gegend anbieten würde. Aber seit er mit dem Bau begonnen hat, haben vier weitere Bauherren ihre Absicht angekündigt, zu bauen, oder sie haben sogar schon damit begonnen ... direkt vor seiner Haustür. Da sein ursprüngliches Konzept keine Konkurrenz vorgesehen hat, ist sein Unternehmen eher funktional als dekorativ geplant. Aber im Vergleich zu den anderen wird es ziemlich schäbig aussehen, und jetzt fürchtet er, daß ihm die Felle davonschwimmen werden.«

»Das ist schlimm«, grimassierte Tanda. »Und was sollen wir für ihn dagegen unternehmen?«

»Nun, offenbar kriegen wir langsam den Ruf, wahre Wunder zu wirken … Du weißt schon, ›Wenn alles versagt hat, geh zu *ihnen*!‹ Jedenfalls will er, daß wir uns irgendeine andere Innendekoration ausdenken oder einen Gag, um die Leute auf sich aufmerksam zu machen und sein Haus voll zu haben, bevor die Konkurrenz auch nur das erste Zimmer vermietet kriegt.«

»Wir? Der Mann muß verrückt sein.«

»Verrückt oder verzweifelt«, meinte Bunny nikkend. »Jedenfalls weiß ich, daß *wir* verrückt sein müßten, um den Auftrag anzunehmen.«

Ich wartete ab, bis sie mit dem Lachen fertig waren, dann gab ich mein eigenes Urteil ab.

»Ich finde, wir sollten ihn annehmen«, meinte ich schließlich.

Plötzlich hatte ich ihre ungeteilte Aufmerksamkeit.

»Wirklich? Und warum?«

Ich legte die Fingerkuppen aneinander und versuchte weise dreinzublicken.

»Zunächst einmal ist da das Honorar … Was, sofern ich mich recht an den Brief erinnere, selbst für unsere Verhältnisse stattlich wäre. Und dann ist da eben jenes Argument, was deiner Meinung nach dagegen spricht: Wir haben noch nie so etwas gemacht. Das wird uns Gelegenheit geben, es mit etwas völlig Neuem zu versuchen … So können wir diversifizieren, anstatt immer nur dieselbe Art von Arbeit zu machen. Und schließlich sagtest du ja schon, daß es ein unmöglicher Auftrag ist, deshalb werden wir auch keinen Erfolg garantieren. Das aber bedeutet, daß wir, sollten wir scheitern, nur das erfüllt haben, was zu erwarten war. Gelingt es aber doch, so sind wir die Helden. Das Schöne daran ist, daß wir so oder so unser Honorar einstreichen können.«

Die Frauen tauschten schnelle Blicke miteinander aus, und für einen Augenblick glaubte ich, sie würden mir gleich vorschlagen, doch lieber einen verlängerten Urlaub zu nehmen ... beispielsweise, um mich mal zu Hause richtig auszuruhen.

»Tatsächlich«, meinte Bunny schleppend, »habe ich auf dem College mal einen Kurs in Innenarchitektur belegt. Ich schätze, ich könnte es ja mal versuchen. Es könnte Spaß machen, mit fremdem Geld eine Bude einzurichten.«

»Aber liebe Bunny«, warf Tanda ein, »du bist doch so wertvoll und unverzichtbar hier im Büro. Da wir keinen Erfolg garantieren können, wäre es wohl besser, wenn ich die Sache übernähme, damit du für wichtigere Aufträge frei bleibst.«

Bunny wollte etwas erwidern, doch dann sah sie meinen Blick und überlegte es sich anders.

»Ich schätze, wenn du so wild darauf bist, dann gibt es wohl keinen Grund, warum wir es nicht *beide* versuchen sollten. Stimmt's Skeeve?«

Also *das* dürfte wirklich so ziemlich die blödeste Idee gewesen sein, die ich an diesem Tag zu hören bekommen hatte. Selbst wenn die beiden inzwischen gut miteinander auskamen, war ich sicher, daß jede noch so leise Hoffnung auf Freundschaft schnell verscheiden würde, sollten sie sich erst einmal wegen einer Innendekoration die Köpfe einschlagen.

Zum Glück hatte ich eine Lösung.

»Tut mir leid«, sagte ich bedächtig, »eigentlich hatte ich keine von euch für diesen Auftrag eingeplant.«

Das blieb eine Weile in der Luft schweben. Dann räusperte sich Tanda.

»Wenn dir die Frage nichts ausmacht – wenn du keine von uns nehmen willst, wem willst du den Auftrag denn dann geben?«

Ich ging um meinen Schreibtisch und lehnte mich gegen die Kante, um etwas persönlicher mit den beiden reden zu können.

»So wie ich das sehe, muß die neue Innendekoration ein richtiger Blickfang werden. Und wenn es um Blickfänge geht, haben wir, wie ich meine, genau die Richtige in unserer Mannschaft.«

MASSHAS BERICHT

»Sind Sie sicher, daß der Große Skeeve Sie geschickt hat?«

Nun kann ich euch sagen, Leute, daß ich es gewöhnt bin, wie die Leute auf mich überreagieren, aber dieser Typ Hysterium schien doch ein bißchen aus dem Ruder zu laufen. Ich meine, schließlich sollten Täufler es doch eigentlich gewöhnt sein, mit allen möglichen Leuten zusammenzuarbeiten, ohne mit der Wimper zu zucken. Aber was soll's, er war der Klient und Geschäft blieb Geschäft.

»Du kannst deinen Kulleraugen ruhig trauen, Süßer, Reicher und Verzweifelter.«

Es kann nie schaden, ein bißchen Puderzucker zu verteilen, aber diesmal wollte der Kunde nichts davon wissen.

»Der *Große* Skeeve? Der die Chaos Corporation leitet?«

Langsam wurde die Sache redundant, daher beschloß ich, daß die Zeit gekommen war, sie ein für allemal zu beenden. Ich seufzte schwer ... was bei mir, das kann ich euch versichern, wirklich nach was aussieht.

»Ich will dir mal was sagen, ... Hysterium, so heißt du doch, nicht? Namen konnte ich mir noch nie besonders gut merken. Wenn du willst, gehe ich zurück und erzähle dem Boß, daß du davon Abstand nimmst, unsere Dienste in Anspruch zu nehmen. Hmmmm?«

Plötzlich wußte er sehr viel besser zu schätzen, was er da bekam.

»Nein! Ich meine, das wird nicht nötig sein. Sie ... Sie waren nur nicht ganz das, was wir erwartet haben, das ist alles. Sie sind also Agentin der Firma des Großen Skeeve? Wie war noch gleich Ihr Name?«

Ich weiß ja nicht, was er erwartet hatte, aber ich wollte gern glauben, daß wir dem nicht entsprachen ... zumindest ich nicht. Selbst wenn ich einfach nur faul herumhänge, bin ich schon ein ziemlicher Anblick, und heute hatte ich mich ordentlich herausgeputzt, um sicherzugehen, daß ich auch Eindruck machte.

Mich hat noch nie jemand zerbrechlich genannt ... nicht einmal als ich geboren wurde. Tatsächlich haben die Krankenschwestern meine Mutter immer als ›Schwerlastjumbo‹ bezeichnet, ein Witz, den ich erst sehr viel später verstanden habe. Tatsache ist, Leute, daß ich größer als groß bin ... irgendwo zwischen riesig und ›Oh, mein Gott!‹, mit einer klitzekleinen Neigung zu letzterem. Nun sage ich mir, daß es wenig Zweck hat, eine Figur meiner Größe verbergen zu wollen, also kann man sie auch ruhig betonen. Und was Betonungen angeht, darin bin ich wirklich Expertin geworden.

Nehmen wir beispielsweise mal meine Tageskleidung. Nun gibt es haufenweise Mädchen, die darüber stöhnen, daß man nicht bauchfrei herumlaufen darf, es sei denn, man besitzt eine Idealfigur. Nun, ich habe immer und immer wieder bewiesen, daß das nicht stimmt, und heute machte ich keine Ausnahme. Mein Oberteil war von kräftigem Limonengrün mit purpurnem Fadenmuster, was einen hübschen Kontrast zu dem orangerot gestreiften Unterteil bildete. Obwohl ich nichts gegen das Barfußlaufen habe, habe ich doch neulich diese wunderschönen türkisfarbenen Haremspantoffeln entdeckt und konnte der Versuchung nicht widerstehen, sie meinem Kleidervorrat einzuverleiben.

Wenn man so viel Farbe trägt, kann man es sich als Mädchen natürlich nicht erlauben, das Make-up zu vernachlässigen. Ich hatte violetten Lippenstift verwendet, akzentuiert von malvenfarbenem Lidschatten und grellgelbem Nagellack, dazu einen Hauch von Rouge, um die Tatsache zu kaschieren, daß ich auch nicht gerade jünger werde. Ich hatte mir auch überlegt, mein Haar stahlblau zu färben, anstatt es bei seinem normalen Orange zu belassen, entschied mich aber schließlich für ein natürlicheres Aussehen.

Nun fragen manche Leute mich, wo ich solche Sachen nur herbekomme. Schön, wenn ihr es geheimhalten könnt, will ich es euch verraten: Viele davon lasse ich exklusiv für mich anfertigen! Ich meine, so etwas findet man einfach nicht auf der Stange ... oder wenn, dann paßt es garantiert nicht. Aber verratet es bitte nicht weiter. Die Designer, bei denen ich ordere, *bestehen* darauf, nicht genannt zu werden ... Wahrscheinlich befürchten sie, sonst in Aufträgen zu ertrinken. Aus demselben Grund nähen sie auch nie ihre Etiketten in meine Kleider ein. Obwohl ich hoch und heilig versprochen habe, niemandem ein Wort davon zu verraten, befürchten sie doch, daß jemand zufällig dahinterkommen könnte.

Ach ja, außerdem trug ich heute mehr als mein normales Kontingent an Schmuck, was, wie jeder weiß, der mich kennt, eine ganze Menge bedeutet. Um Zeit zu sparen, will ich lieber gar nicht erst versuchen, hier das ganze Warenlager zu beschreiben. Ihr braucht nur zu wissen, daß ich von allem gleich mehrere Exemplare trug: Halsketten, Armbänder, Knöchelkettchen, Ohrringe, Nasenringe ... Besonders stark waren Ringe vertreten, weil die für meine Arbeit wichtig waren. Ihr müßt nämlich wissen, daß meine Ringe nicht nur Teil meines Arsenals magischer Ausrüstungsgegenstände sind; meine Mama hat auch immer gemeint, daß es sich für eine Dame nicht schickt, Schlagringe aus Messing zu tragen, aber mit meinen normalen Ringen habe ich im Kampf den gleichen Vorteil und kann dazu auch noch ein paar Punkte für Stil einheimsen.

Jedenfalls nahm ich es dem Klienten wirklich nicht übel, daß er ein bißchen überwältigt war, als wir hereinspazierten. Auch wenn er einen ordentlichen Satz zurückmachte, so bedurfte es doch anscheinend unserer beider Anstrengung, um ihm vor Augen zu führen, wie verzweifelt seine Lage eigentlich war.

»Na, ich bin Massha«, sagte ich, »und mein Partner dort drüben ist Vic.«

Hysterium wäre fast über seinen eigenen Schreibtisch gestürzt, so versessen war er darauf, Vic die Hand zu schütteln. Mein Partner war stilvoll gekleidet, wenngleich nach meinen Maßstäben ziemlich gedämpft; er trug einen Freizeitanzug mit Rollkragenpullover und knöchelhohe Stiefel. Seine Kleidung war in weichen Brauntönen gehalten, und es war nicht zu übersehen, daß der Täufler ihn anscheinend für das normale Mitglied unseres Zweiergespanns hielt. Nennt mich ruhig einen Schalk, aber dabei konnte ich es einfach nicht bewenden lassen.

»Tatsächlich ist Vic kein fester Mitarbeiter bei uns. Er ist ein Freiberufler, den wir gelegentlich als Spezialisten hinzuziehen.«

»Als Spezialisten?« bemerkte Hysterium, der immer noch Vics Hand schüttelte. »Sind Sie denn Innenarchitekt?«

Mein Partner lächelte verklemmt.

»Nein, ich bin mehr ein Spezialist fürs Nachtleben. Deshalb trage ich auch diese Sonnenbrille. Ich bin sehr lichtempfindlich.«

»Nachtleben? Ich glaube, ich verstehe nicht ganz.«

Ich verbarg ein leises Lächeln und musterte die Zimmerdecke.

»Vic will damit sagen«, teilte ich dem Täufler so gelassen wie möglich mit, »daß er ein Vampir ist.«

Hysterium ließ die Hand fahren, als hätte sie ihn gebissen.

»Ein Vampir?!«

Vic lächelte ihn wieder an, wobei er diesmal seine übergroßen Fangzähne zeigte.

»Genau. Warum? Haben Sie etwa was gegen Vampire?«

Der Klient wich Zoll um Zoll in seinem Büro zurück.

»Nein! Es ist nur, daß ich niemals ... Nein. Finde ich schon in Ordnung. Wirklich.«

»Schön. Und da das ja jetzt alles geklärt ist«, sagte ich und übernahm wieder die Kontrolle über die Situation, »kommen wir zum Geschäft. Wenn ich es richtig verstehe, dann hast du hier einen weißen Elefanten, den wir möglichst bis zum Monatsersten in eine Goldmine verwandeln sollen.«

Hysterium setzte sich gerade zaghaft wieder hinter seinen Schreibtisch.

»Ich ... ja. Ich schätze, so könnte man die Situation wohl zusammenfassen. In drei Wochen ist Eröffnung.«

»... und was für einen Etat haben wir zur Verfügung, um dieses Wunder abzureißen?« fragte Vic und ließ von seiner ›Drohender-Vampir‹-Nummer ab, um sich lässig gegen die Wand zu lehnen.

»Etat?«

»Du weißt schon, Dukateneselchen. Penunze«, drängte ich. »Unsere Gebühren kennen wir. Aber wieviel willst du für Dekoration und Werbung ausgeben, um den Schuppen hier ordentlich hochzuhieven?«

»Ach so, das. Ich glaube, irgendwo habe ich hier die Zahlen. Natürlich werde ich dabei mit Ihnen zusammenarbeiten.«

Er begann, die Papierstapel auf seinem Schreibtisch zu durchwühlen.

»Schon wieder daneben geraten, Großer Maxe«, sagte ich entschieden. »Du wirst alles an uns übergeben und drei Wochen Urlaub nehmen.«

Das Herumwühlen des Täuflers verwandelte sich in nervöses Zucken. Langsam begann ich zu begreifen, woher er seinen Namen hatte.

»Aber ... Ich dachte, ich würde die Aufsicht führen. Schließlich ist es ja auch *mein* Projekt.«

»Da haben Sie falsch gedacht, Mister«, widersprach Vic. »Für die nächsten drei Wochen ist das nämlich *unser* Projekt.«

»Wollen Sie denn völlig auf meinen Input und meine Ideen verzichten?«

Glücklicherweise hatten Vic und ich das auf dem Hinweg bereits besprochen, so daß ich genau wußte, was ich zu sagen hatte.

»Sieh es einmal von dieser Seite, Hysterium«, fing ich an. »Wenn du irgendwelche Ideen hättest, von denen du glaubst, daß sie funktionieren würden, dann würdest du sie umsetzen anstatt uns anzuheuern. Drei Wochen sind nicht fürchterlich viel Zeit, und wir können kein bißchen davon verschwenden, indem wir uns mit dir über jeden winzigen Punkt streiten. Die einzige Möglichkeit, sicherzugehen, daß du nicht der Versuchung nachgibst, den Kiebitz zu spielen und dich ständig überrennen zu lassen, besteht darin, daß du gar nicht hier bist. Verstanden? Und nun entscheide ich. Entweder du läßt uns den Job ohne Einmischung durchführen, oder du machst ihn selbst, und wir sind quitt.«

Dem Täufler ging langsam die Luft aus. Es ist immer eine Freude, Geschäfte mit verzweifelten Leuten abzuschließen.

»Brauchen Sie mich nicht wenigstens, um die Schecks zu unterschreiben?« fragte er matt.

»Nicht wenn du bei der Bank Bescheid sagst und uns die entsprechende Vollmacht gibst«, erwiderte ich lächelnd.

»Und wenn Sie schon gerade dabei sind«, schlug Vic vor, »dann teilen Sie doch bitte gleich dem Bauleiter mit, daß wir ein paar Veränderungen bei den Abschlußarbeiten seiner Mannschaft vorhaben.

Sagen Sie ihm, daß er morgen gleich als erstes in der Frühe hiersein soll, damit wir mit ihm die Änderungen durchsprechen können. Natürlich brauchen wir sofort die Baupläne.«

Da richtete sich Hysterium ein wenig auf und ließ einen Blick zwischen uns hin- und herhuschen.

»Könnten Sie mich nicht wenigstens in Ihre Pläne einweihen? Es hört sich so an, als hätten Sie etwas ganz Bestimmtes vor.«

»Eigentlich nicht, Süßer«, meinte ich augenzwinkernd. »Wir machen erst einmal klar Schiff, damit wir arbeiten können. Der Marschbefehl lautet, daß wir ein drittklassiges Übernachtungshotel in die größte Touristenfalle verwandeln sollen, die es auf Tauf je gegeben hat. Würdest du also jetzt die Güte haben, dich in Bewegung zu setzen, damit wir anfangen können?«

Wir brauchten eine ganze Weile, um die Baupläne durchzugehen. Ihr müßt nämlich wissen, daß Architektur mich noch nie besonders interessiert hat, und so brauchte ich eine Weile, bis ich die ganzen Linien und Markierungen durchschaute. Glücklicherweise hatte Vic sich ein wenig mit Architektur beschäftigt, als er die Magie aufgeben wollte, so daß er mir eine ganze Menge erklären konnte ... jedenfalls genug, um ihm folgen zu können.

»Sehen wir der Sache ruhig ins Gesicht, Massha«, meinte er schließlich und lehnte sich in seinem Sessel zurück. »Egal wie lange wir die Zeichnungen anschauen, verändern werden sie sich nicht. Was er sich hier zurechtgebaut hat, das ist nur ein großer Kasten voller Zimmer. Das Ding hat ungefähr soviel

Persönlichkeit wie ein Registrator ... also ein bißchen weniger als ein Buchhalter.«

»Du mußt aber zugeben«, bemerkte ich, »daß der Schuppen sehr viel Platz hat.«

Ich konnte verstehen, weshalb unser Klient nervös war. Das Gebäude war schlicht, aber es waren fünf Etagen Schlichtheit, die sich über einen gewaltigen Batzen Land erstreckten. Es gab noch jede Menge zusätzliches Land zum Expandieren, was im Augenblick aber unwahrscheinlich schien. Hysterium hatte offensichtlich eine Stange Geld in dieses Geschäft gesteckt, Geld, das er nie wiedersehen würde, wenn niemand hier ein Zimmer belegen sollte.

»Sag mir mal eins, Vic. Deine Heimatdimension ist doch vergnügungsorientiert genug, da muß der Wettbewerb um Menschenmassen ziemlich stark sein. Womit kriegt man die Leute dieser Tage denn so zu packen?«

Der Vampir runzelte einige Augenblicke die Stirn, während er über meine Frage nachdachte.

»Na ja, es hängt davon ab, auf was für eine Klientel man es abgesehen hat. Man kann sich auf die Familien spezialisieren oder auf die Rentner. Meine Lieblingskunden sind die jungen Berufstätigen. Die haben meistens noch keine Familie gegründet oder wollen überhaupt keine, was wiederum bedeutet, daß sie sowohl Geld als auch Zeit haben. Für diese Leute müssen die Clubs immer groß sein. Wenn ich wirklich Menschenmengen an einen neuen Ort lokken wollte, würde ich wahrscheinlich eine gute Disco aufmachen.«

»Jetzt kommen wir ans Eingemachte. Meinst du, du könntest in drei Wochen eine zusammenschustern?«

Mein Partner schüttelte lachend den Kopf.

»Mach mal halblang, Massha. Ich habe nur laut nachgedacht. Selbst wenn ich einen Plan für einen Club aushecken könnte, so gibt es hier einfach nicht genug Platz dafür.«

Jetzt war ich mit dem Lachen an der Reihe.

»Vic, Süßer, wenn wir irgend etwas haben, dann ist es Platz. Schau doch mal hier ...«

Ich blätterte die Blaupausen durch, bis ich die Zeichnungen vom Erdgeschoß gefunden hatte.

»... wenn wir hier im Erdgeschoß die Innenwände raushauen? Dann haben wir jede Menge Platz für deine Disco.«

»Das ist zuviel Platz«, meinte der Vampir, die Pläne studierend.» Der Schlüssel zum Erfolg liegt bei solchen Clubs darin, daß sie halbwegs klein bleiben, damit die Leute warten müssen, um hineinzukommen. Außerdem fürchte ich, daß sich der Rest des Gebäudes nicht tragen würde, wenn wir *sämtliche* Innenwände raushauen.«

Langsam keimte in meinem Hinterkopf eine Idee.

»Versuchen wir es doch hiermit. Wir lassen die äußere Reihe von Räumen stehen ... daraus machen wir Läden oder so etwas. Dadurch bekommen wir zusätzliche Trägerelemente und reduzieren den Platz für deinen Club. Und wenn der immer noch zu groß sein sollte ...«

»Ungefähr viermal zu groß.«

»Ja, ja. Was hältst du von einem Casino? Ich habe noch nie im Leben eins gesehen, das die Touristen nicht gleich in ganzen Schwärmen angezogen hätte.«

Mit einem leisen Pfeifen verlieh Vic seiner Anerkennung Ausdruck.

»Du backst wohl auch keine kleinen Brötchen, wie? Mich wundert, daß du noch nicht darüber nachdenkst, wie man noch außerhalb des Grundstücks Geld schaufeln kann.«

»Ich kann mich noch nicht zwischen einem Golfplatz und einem Vergnügungspark entscheiden«, erwiderte ich. »Aber das hat noch eine Weile Zeit, bis wir erst einmal festgestellt haben, wie der Rest sich so macht.«

Ungefähr in diesem Augenblick bemerkte ich, daß der süße Vic die Sonnenbrille abgenommen hatte und mich musterte. Nun bin ich es zwar gewohnt, daß man mich anstarrt, aber irgendwie hatte sein Gesichtsausdruck etwas Außergewöhnliches, wenn ihr versteht, was ich meine, jedenfalls war es beunruhigend. Ich wartete darauf, daß er etwas sagen würde, aber nach einer Weile wurde mir das Schweigen doch zuviel.

»Was siehst du mich so an, du blutdürstiger Junge? Habe ich plötzlich einen zweiten Kopf bekommen, als ich gerade nicht hinsah?«

Anstatt mir jedoch sofort Antwort zu geben, musterte er mich unentwegt weiter, bis ich mir schon überlegte, ob ich ihm einfach eine runterhauen sollte, nur um die Spannung zu lösen.

»Weißt du, Massha«, bemerkte er schließlich, »für einen sogenannten Lehrling bist du ganz schön gerissen. So wie du dich kleidest und redest, übersieht man das leicht, aber hinter dem ganzen Make-up haust doch ein bemerkenswerter Geist, nicht wahr?«

Nun, wenn es eine Sache gibt, mit der ich Schwierigkeiten habe, so ist das Lob ... vielleicht, weil ich davon nicht so häufig was abbekomme. Um meine Verlegenheit nicht allzu offensichtlich werden zu lassen, tat ich, was ich immer tue, und versteckte mich hinter einem Lachen.

»Laß dich mal nicht von der Verpackung reinlegen, Fangzahn. Vergiß nicht, daß ich früher selbständig war, bevor ich bei Skeeves Bande anheuerte. Ich war Magierin des Stadtstaats Ta-hoe und später von Veygus drüben auf Yahk, das war ich.«

»Wirklich? Das wußte ich ja gar nicht.«

Das zeigt mal wieder, wie durcheinander ich war. Ich wußte nicht einmal mehr genau, wie wenig Vic über unsere Firma und ihre Mitglieder erfahren hatte.

»Das war das erste Mal, als ich über den Wunderknaben stolperte. Damals steckte er auch in Schwierigkeiten ... ja, Skeeve scheint ein Talent für Ärger zu haben. Erinnere mich bei Gelegenheit mal daran, dir von der Klemme zu erzählen, in der er gerade saß, als ich dann *tatsächlich* mitmachte.«

»Warum nicht gleich?« fragte er und lehnte sich in seinem Sessel zurück. »Ich habe nichts weiter vor, und um seine Geschäftspartner näher kennenzulernen, ist jede Zeit recht.«

Wie ihr wahrscheinlich bemerkt haben werdet, war ich sehr erpicht darauf, das Thema zu wechseln, und über Skeeve zu reden, schien genau das richtige zu sein, wonach ich gesucht hatte.

»Na ja, damals war sein großer grüner Mentor nach Perv gegangen, ich glaube, es handelte sich um irgendeine Familienangelegenheit. Jedenfalls ließ der König Skeeve die Nachricht zukommen, daß er für ihn einspringen soll, angeblich, damit Seine Königliche Hoheit mal ein bißchen Urlaub machen könnte ... sagen wir mal für einen Tag oder so. Was der Mann unserem gemeinsamen Kollegen gegenüber jedoch zu erwähnen vergaß, war, daß seine zukünftige Braut, eine gewisse Königin Schierlingsfleck, erwartet wurde, die mit jedem, der gerade den Thronsessel heizte, eine Verbindung einzugehen beabsichtigte.«

»Königin Schierlingsfleck?«

»Das war ein wirkliches Liebchen, kannst du mir glauben. Wäre wahrscheinlich schon im frühen Alter am Galgen geendet, wenn sie nicht die Tochter des Königs gewesen wäre. Aber so regierte sie das reichste Königreich in dieser Dimension und wollte mit dem militärisch mächtigsten Reich fusionieren ... was sich zufällig als jenes Königreich erwies, über das Skeeve wachte.«

Vic furchte die Stirn.

»Wenn sie bereits in der Lage war, sich alles zu kaufen, was sie wollte, wozu brauchte sie dann noch eine Armee?«

»Für jene Hohlköpfe, die *nicht* zum Verkauf standen. Weißt du, wir haben ja alle so unsere kleinen Träume, und ihrer bestand eben darin, einmal die Welt zu regieren. So war Königin Schierlingsfleck. Die Moral eines läufigen Nerzes und die bescheidenen Ziele eines Dschingis Khan.«

»Und ihr beide habt sie aufgehalten?«

»Um ganz ehrlich zu sein, Skeeve hat das getan. Ich habe lediglich den König eingefangen, damit wir ihn wieder auf den Thron setzen konnten, wo er schließlich hingehörte. Skeeve hat ihnen ein paar magische Trauringe verpaßt, die nie wieder abgehen, was ihr Leben auch verbindet. Das bedeutete, wenn unsere liebliche Königin versuchen wollte, das Königlein wegzuputzen, um damit den Weg zur Welteroberung freizubekommen, würde sie sich damit selbst die Kehle durchschneiden.«

»Wo hatte er denn die Ringe her? Von so etwas habe ich ja noch nie gehört.«

Ich gewährte ihm ein leises Lachen und ein Augenzwinkern.

»Das hat sonst auch niemand. Er hat sich einfach etwas billigen Schmuck hier im Bazar bei einem Straßenhändler besorgt und eine schmucke Geschichte drumherum gesponnen. Was ich damit sagen will, ist, daß er ihnen einen Haufen Unsinn verhökert hat, aber es genügte, um die gute Schierlingsfleck zur Räson zu bringen. Raffinierter Schachzug, nicht wahr?«

Anstatt jedoch in mein Lachen einzufallen, überlegte der Vampir einige Augenblicke, dann schüttelte er schließlich den Kopf. »Das begreife ich nicht«, meinte er. »Nein, versteh mich nicht falsch ... ich halte Skeeve wirklich für einen tollen Typen und so. Es ist nur so, daß er nach allem, was ich über ihn weiß, gar nicht so viel Magik benutzt, und wenn, dann ist es meistens ziemlich schwaches Zeug. Wie hat er dann eine Organisation voller solch hochkarätiger Talente um sich herum aufbauen können wie dich und die anderen?«

»Ich will dir was sagen, Vic, es gibt Magik und es gibt Magik. Skeeve hat ... Wie soll ich das erklären? In der Abteilung ›Hokuspokus‹ mag er vielleicht nicht gerade seine Stärken haben, und er versteht auch nicht soviel von Frauen wie Quasimodo, aber er besitzt genug Herz für drei normale Leute.«

Ich knuffte sanft seinen Arm.

»Erinnerst du dich noch daran, wie ich sagte, daß er ein Talent dafür hat, in Schwierigkeiten zu geraten? Na ja, in Wirklichkeit ist es meist eher so, daß er jemand anderen irgendwo raushaut, der es durchaus verdient hätte, daß man ihn hängenläßt. Bei diesem Schierlingsfleckabenteuer, von dem ich dir erzählte, hätte er jederzeit das Weite suchen können, nachdem er erst einmal gemerkt hatte, daß er reingelegt worden war. Aber dann wäre ein ganzes Königreich ohne Führung geblieben, also hat er die Sache durchgestanden. Als ich ihn kennenlernte, arbeitete er gerade an der Befreiung Tandas, die dabei erwischt worden war, wie sie versuchte, für Aahz ein Geburtstagsgeschenk zu klauen. Ach, da fällt mir ja ein, daß sich unsere Wege mit deinen das erste Mal kreuzten, als wir gerade seinen alten Mentor aus dem Gefängnis holen wollten. Das ist also Skeeve, wenn du verstehst, was ich meine. Er stürzt sich ständig in Dinge, weil er versucht, zu tun, was er für richtig hält, und in seiner Gegenwart bekommt man das Gefühl ... ich weiß nicht, das Gefühl, daß er es knapp schaffen könnte. Selbst wenn es nicht hinhaut, hat man immer noch das Gefühl, daß man irgend etwas Gutes mit seinem Leben angefangen hat, anstatt einfach nur herumzuhängen. Verstehst du überhaupt, was ich sagen will?«

»Mehr, als du ahnen kannst«, erwiderte Vic. »Wenn ich dich richtig verstehe, setzt er hohe persönliche Maßstäbe, so daß er folglich Leute anzieht, die von der Ernsthaftigkeit seines Tuns beeindruckt sind ... und die dann ihrerseits versuchen, seiner so gerecht zu werden, wie sie ihn sehen. Das ist eine interessante Theorie. Ich werde darüber nachdenken müssen.«

Ich wurde das Gefühl nicht los, daß der alte Fangzahn immer dann, wenn er sich ordentlich in etwas vertiefte, sich eher anhörte wie ein Universitätsprofessor, als wie ein die Nacht liebender Partylöwe. Es machte mich etwas neugierig, aber da ich es selbst auch nicht gern habe, wenn Leute mehr von mir ausspähen wollen, als ich ihnen zu zeigen gewillt bin, beschloß ich, die Sache auf sich beruhen zu lassen.

»Da wir gerade bei Theorien sind«, sagte ich, »wir haben da noch eine, die sich ohne jede Menge Druck von uns wohl kaum durchsetzen dürfte.«

Der Vampir streckte die Arme und gähnte.

»Also gut. Ich kümmere mich um die Disco und den Architekten, wenn du dich mit dem Casino und den Läden befaßt. In Ordnung?«

Ich mußte zugeben, daß mich seine Begeisterung ein wenig verblüffte.

»Du meinst, jetzt sofort? Es ist schon ziemlich spät.«

Mit einem Grinsen zeigte er mir seine Fangzähne.

»Für dich vielleicht. Wir Nachtschwärmer wachen gerade erst auf, was bedeutet, daß jetzt die ideale Zeit ist, um mich nach einer Band und einer Barmannschaft umzusehen. Aber da wir sowieso verschiedene Aufgaben haben, habe ich natürlich nichts dagegen, wenn du dir erst eine Mütze Schlaf holen willst, bevor du loslegst. Sollen wir uns hier morgen um dieselbe Zeit treffen, um uns gegenseitig auf den neuesten Stand zu bringen?«

Nun, Leute, ich mag zwar manchmal ein bißchen aufschneiden und sogar laut rumplärren, andererseits will ich als erste zugeben, daß die kleine Massha nicht gerade auf den Kopf gefallen ist. Eines der vielen Dinge, von denen ich so gut wie gar nichts verstehe, sind Casinos. Daher begriff ich schnell, daß ich einen Experten in Sachen Casinos und ihrer Leitung brauchte.

Es dauerte eine Weile, bis ich ihn aufgespürt hatte,

aber schließlich war ich am Ziel. Er kauerte in einer Hinterhofbar an einem Tisch im Hinterzimmer, und so, wie es aussah, standen die Dinge nicht gerade rosig für ihn. Ich war sehr froh, das zu sehen … nicht etwa, weil ich ihm etwas Böses wünschte, versteht mich nicht falsch; es machte lediglich das Verkaufsgespräch etwas einfacher.

»Hallo, Giek«, sagte ich und schritt auf seinen Tisch zu. »Was dagegen, wenn ich dir Gesellschaft leiste?«

Er mußte erst einige Male blinzeln, bis er erkannte, daß die Person, die ihn gerade angesprochen hatte, wirklich so groß war.

»Junge, Junge, Junge. Wenn das nicht einer von den Hitzköpfen aus Skeeves Bande ist. Was führt dich denn in diesen Teil der Wälder, Massha? Willst du etwas rumsumpfen?«

Ich zog einen Stuhl heran, damit ich mich dicht neben ihn setzen konnte. Ich meine, schließlich hatte er nicht nein gesagt, und näher komme ich in der Regel nicht an Einladungen heran.

»Ich weiß ja, daß du beschäftigt bist, Giek, deshalb will ich deine Zeit nicht verschwenden und gleich zur Sache kommen. Wir hecken da gerade ein kleines Geschäft aus, und ich hätte dich gern als Partner dabei. Bist du interessiert?«

»Na, das ist aber mal eine Nachricht! Nachdem er mich dazu gezwungen hat, meinen Club zu verkaufen, und nachdem er mich auf die Straße hinausgejagt hat, will mir der Große Skeeve jetzt ein Geschäft anbieten. Wenn das nicht allerliebst ist!«

Nun mag ich zwar nicht viel von Casinos verstehen, aber Betrunkene erkenne ich auf den ersten Blick. Dafür, daß gerade erst die Sonne untergegangen war, was für den Giek so viel bedeutet wie der frühe Morgen, war er schon in einem ziemlich üblen Zustand. Das Problem war aber, daß ich ihn nüchtern brauchte. Normalerweise hätte ich ihn irgendwohin gebracht und ihn seinen Rausch ausschlafen lassen, aber ich hatte es eilig. Die Lage verlangte nach drastischem Handeln.

Nachdem ich mich mit einem Blick davon überzeugt hatte, daß es keine Zeugen gab, beugte ich mich vor, schlang ihm die Arme um den Hals und verpaßte ihm den größten, saftigsten Kuß, dessen ich fähig war. Eines der anderen Dinge, von denen ich mehr als nur ein bißchen verstehe, ist das Küssen, und diesem Musterexemplar eines Kusses war ein recht langes Leben beschieden. Als ich spürte, wie er nach Luft rang, ließ ich los und lehnte mich zurück.

»Wa... wer ... Massha!« sagte er und keuchte wie ein Fisch an Land. »Was ist passiert?«

Ich gewährte ihm meinen schönsten Augenaufschlag.

»Ich glaube, ich verstehe dich nicht so recht, Großer Roter.«

Der Giek saß nur da und blinzelte einige Sekunden lang, eine Hand auf den Kopf gelegt, als befürchtete er, daß der gleich abfallen würde.

»Ich ... ich weiß es nicht«, brachte er schließlich hervor. »Ich bin betrunken gewesen, und zwar seit ... Was haben wir heute für einen Tag? Ach, egal! ... jedenfalls schon lange. Und plötzlich bin ich hellwach und stocknüchtern. Was ist passiert? Wie lange bist du schon da?«

Ich lächelte vor mich hin und gewährte mir im Geiste einen Schlag auf die Schulter. Mein Rekord war ungebrochen. Mehr als einmal hat man mir gesagt, daß nichts jemanden so schnell und so gründlich ernüchtern kann wie eine Umarmung und ein Kuß von Massha.

»Gerade lang genug, um mitanzusehen, wie der Vorhang hochgeht«, erwiderte ich. »Aber jetzt, da wir alle da sind, möchte ich, daß du dir einen kleinen Vorschlag anhörst.«

Der Giek war früher mal einer der größten Buchmacher im Bazar gewesen. Er hatte sogar mal seinen eigenen Club besessen, das ›Gleiche Chancen‹. Das war natürlich noch vor der Zeit gewesen, als Skeeve feststellen mußte, daß der Giek gezinkte Karten verwendete, und als er ihm dringend nahelegte, seinen Club lieber zu verkaufen. Ich war nicht ganz sicher, wie der Boß darauf reagieren würde, wenn ich den Giek bei dem neuen Projekt miteinbezog, aber er war der einzige, der mir einfiel, der über genügend Wissen verfügte, um ein Casino aufzubauen, und der zudem im Augenblick auch arbeitslos war.

»Ich weiß nicht, Massha«, sagte er, nachdem ich ihm die Situation erklärt hatte. »Ich meine, es hört sich schon gut an ... aber ein Casino, das ist eine ziemlich große Nummer. Es ist nämlich nicht so, als würde ich gerade in Investitionskapital schwimmen.«

»Dann fängst du eben klein an und baust später auf. Hör zu, Giek, das Haus wird dir die Räumlichkeiten und die Einrichtung mietfrei stellen. Du mußt nur für die Sicherheit sorgen und ein paar Croupiers auftreiben, die an den Tischen arbeiten.«

»Hast du ›mietfrei‹ gesagt?«

Mir kam der Gedanke, daß ich ihn vielleicht doch nicht so rasend schnell hätte nüchtern machen sollen. Jetzt dachte er wieder genau wie ein Täufler-Buchhalter.

»Na ja ... so gut wie. So wie ich mir das vorstelle, wird das Haus einen Teil der Gewinne übernehmen, was wiederum bedeutet, daß du nur dann Miete zu zahlen brauchst, wenn du Verlust machst.«

»Das ist kein Problem«, meinte der Giek lächelnd. »Bei den Croupiers, an die ich denke, werden wir unmöglich in den roten Zahlen enden.«

Irgendwie gefiel mir nicht, wie er das sagte.

»Ich hoffe, es bedarf keiner besonderen Erwähnung, daß wir von dir erwarten, ein sauberes Geschäft zu leiten, Giek«, warnte ich ihn. »Ich glaube kaum, daß der Große Skeeve sonderlich darauf erpicht sein würde, ein Casino aufzubauen, in dem falsch gespielt wird. Gib dich mit den normalen Gewinnchancen des Hauses zufrieden. In Ordnung?«

»Massha! Du verletzt mich! Habe ich jemals etwas anderes als ein sauberes Spiel angeboten?«

Ich musterte ihn fest, und er besaß wenigstens den Anstand, leicht zu erröten.

»Ich kann mich nur an einmal erinnern«, erwiderte ich, »und damals war es, glaube ich, Skeeve, der dich erwischte. Ich an deiner Stelle würde mir lieber nicht die Finger schmutzig machen ... es sei denn, du möchtest eines Morgens unter den Radieschen aufwachen.«

Der Giek richtete sich ein Stück auf und büßte dabei sein selbstzufriedenes Grinsen ein.

»Kann der das wirklich?«

»Das war zwar nur eine Redensart, aber ich glaube, du weißt schon, wie ich es meine. Vergiß nicht: Die einzigen Male, da du mit deiner Mannschaft Geld verloren hast, waren jene, als du so blöd gewesen bist, dich dazu überreden zu lassen, gegen uns zu setzen.«

»Das stimmt«, bemerkte der Täufler mit nachdenklichem Nicken. »Da wir schon von Skeeve sprechen – bist du sicher, daß der keinen Ärger machen wird? Letztes Mal, als ich ihn gesehen habe, waren wir uns nicht gerade sonderlich grün.«

»Kümmere du dich um das Casino und überlaß Skeeve mir«, sagte ich zuversichtlich lächelnd, wobei ich hoffte, daß ich wirklich wußte, was ich da gerade von mir gab. »Immerhin ist Skeeve nicht nachtragend. Wenn meine Erinnerung mich nicht täuscht, wollte Aahz dir beim letzten Treffen am liebsten die Gurgel durchschneiden, und es war Skeeves Vorschlag, dich mit heiler Haut davonziehen zu lassen.«

»Das ist wahr«, bemerkte der Giek und nickte. »Das Kind hat Klasse.«

»Richtig. Ach so, noch etwas! Da wir schon von Klasse sprechen: Du könntest eigentlich mal versuchen, das Pfefferminz-Kind aufzuspüren und ihm seinen eigenen festen Tisch anzubieten.«

Der Giek legte den Kopf schräg und sah mich an. »Kein Problem, aber verrätst du mir vielleicht auch, warum?«

»Nun, als er das letzte Mal hier in der Gegend war, um sich mit Skeeve zu messen, da mußte ich ja den Babysitter für diesen Persönlichkeits-Attentäter spielen, den du auf uns angesetzt hattest. Das wiederum bedeutet, daß ich die einzige aus unserer Mannschaft bin, die ihm noch nicht begegnet ist ... und nach allem, was ich höre, ist er genau mein Typ. Außerdem ist es ihm vielleicht nicht unlieb, sich endlich einmal niederzulassen, anstatt immer nur von einem Spiel zum anderen zu jagen. Wir werden schließlich alle nicht gerade jünger, mußt du wissen.«

»Wie du doch wieder recht hast!« meinte der Giek

mit einer Grimasse. »He, eigentlich ist die Idee gar nicht so schlecht. Den besten Drachenpoker-Spieler im Bazar als permanenten Spieler im Casino zu haben, das wäre schon ein verdammt guter Schachzug.«

Wir unterhielten uns noch eine Weile, aber dabei ging es nur um Einzelheiten. Der Giek war dabei, und das Casino begann Form anzunehmen.

Casinos mögen zwar nicht meine Stärke sein, aber Einzelhandelsgeschäfte kennt niemand so gut wie die Unterzeichnende. Bunny ist vielleicht ein As, wenn es darum geht, klasse Klamotten zu vernünftigen Preisen aufzuspüren, und Tanda kennt mit Sicherheit ihre Waffen, aber beim direkten, hemmungslosen Ein- und Verkaufen müssen sie alle hinter Massha zurückstehen.

Der Laden war mir schon lange vor diesem Auftrag aufgefallen, aber ich hatte ihn noch nicht vergessen, und so überlegte ich mir, es damit einmal zu versuchen. Überall im Schaufenster hingen große Schilder mit Aufschriften wie ›Geschäftsaufgabe‹ und ›Räumungsverkauf‹, aber da die schon seit einem Jahr dort waren, beachtete ich sie nicht weiter.

Für ein Geschäft in bester Einkaufslage war der Laden eine Katastrophe. Die Ware konnte man bestenfalls als ›Krempel‹ bezeichnen, und das war noch geschmeichelt. Da gab es T-Shirts und Aschenbecher und kleine Püppchen, durcheinandergewürfelt mit Medikamenten und Illustrierten. Die Regale quollen über von Billigversionen so gut wie sämtlicher Waren, die man sich denken konnte. Der Laden hatte nicht so viel Kleiderauswahl wie ein Bekleidungsgeschäft, nicht so viele Eisenwaren wie ein Haushaltsgeschäft ... Ich könnte endlos fortfahren, aber ihr versteht schon, worauf ich hinauswill. Wenn man es auf Auswahl oder Qualität abgesehen hatte, egal worum es ging, ging man besser woanders hin. Kurzum, es war genau der Laden, den ich suchte.

»Kann ich Ihnen helfen, meine Dame?«

Der Besitzer saß hinter dem Tresen auf einem Schemel und las Zeitung. Er war nicht aufgestanden, als er mich ansprach, daher beschloß ich, ihn ein wenig aufzurütteln.

»Hm, ja. Ich habe mir überlegt, daß ich eine ganze Menge ... Zeugs kaufen möchte. Können Sie mir einen besseren Preis machen, wenn ich größere Mengen kaufe?«

Da kam er plötzlich hinter der Verkaufstheke mit einem Notizblock und einem Bleistift hervor, die aus der Luft materialisiert sein mußten.

»Aber gewiß doch, meine Dame. Stets zu einem Geschäft bereit. Woran haben Sie denn gedacht?«

Ich nahm mir Zeit und ließ meinen Blick wieder durch den Laden schweifen.

»Eigentlich würde ich gern wissen, ob Sie mir einen Preis für alles nennen können, was Sie im Laden haben.«

»Alles? Haben Sie *alles* gesagt?«

»Alles ... Ihr liebliches, bewundernswertes Selbst eingeschlossen.«

»Ich verstehe Sie nicht, Lady. Wollen Sie damit sagen, daß Sie meinen Laden kaufen möchten?«

»Nicht den Laden, nur das, was drin ist. Ich glaube, dieser Laden würde an einer anderen Stelle besser florieren. Ganz ehrlich mal, wie geht das Geschäft in letzter Zeit?«

Der Besitzer warf Notizblock und Bleistift wieder auf die Theke.

»Ganz ehrlich? Nicht besonders. Mein Hauptlieferant für diesen Müll hat gerade die Preise erhöht ... hängt irgendwie mit einer neuen Gewerkschaft in seiner Fabrik zusammen. Entweder muß ich nun selbst die Preise erhöhen, was mir auch nichts nützen wird, da man dieses Zeug ohnehin kaum verkauft bekommt; oder ich muß das Geschäft aufgeben, worüber ich schon ernsthaft nachdenke.«

Ich hielt es für das beste, keinen Kommentar zu der Gewerkschaft abzugeben, die er erwähnt hatte.

»Meinen Sie nicht, daß ein neuer Standort hilfreich sein könnte?«

»Ein neuer Standort ... daß ich nicht lache! Das hier ist der Bazar von Tauf, Lady. Für den Fußgängerverkehr ist doch jede Ladenreihe hier genau wie die andere. Und in jeder davon wird man besseres Zeug finden als das, was ich verkaufen muß.«

Die Sache entwickelte sich ja noch besser, als ich zu hoffen gewagt hatte.

»Nur mal angenommen«, sagte ich, »nur mal angenommen, daß die neue Geschäftslage sich in einem Hotel befände, und ferner angenommen, daß das Hotel über ein Casino und eine Disco verfügte. Das würde Ihnen sichere Kundschaft bringen, denn niemand hat Lust, das Gebäude zu verlassen und umherzuirren, um etwas zu suchen, was er gleich dort kaufen kann, wo er ist.«

»Ein Hotel mit Casino, wie? Aber ich weiß nicht so recht. Plunder bleibt Plunder.«

»Nicht, wenn Sie das Exklusivrecht hätten, den Namen dieses Hotels auf alles zu drucken, was Sie verkaufen. Plunder mit einem Namen darauf, das sind Souvenirs, und die Leute erwarten, daß sie dafür mehr bezahlen müssen. Stimmt's?«

Langsam wurde der Besitzer ganz aufgeregt.

»Das stimmt! Haben Sie ein solches Hotel, Lady? Wieviel verlangen Sie für die Miete?«

»Minimal, das heißt, es wird nur ein Teil der Einnahmen einbehalten. Wie klingt das?«

»Wieviel Verkaufsfläche haben Sie zur Verfügung? Wenn ich expandieren kann, bekomme ich von meinen Lieferanten Mengenrabatt und kann meine Preise *trotzdem* noch erhöhen. Sagen Sie, haben Sie auch schon eine Druckerei?«

»Daran habe ich noch gar nicht gedacht.«

»Gut. Ich habe nämlich einen Schwager, der ganz billig gute Arbeit leistet ... und schnell ist er auch. Wie steht's mit einem Restaurant? Die Leute müssen schließlich was essen.«

Das war etwas, was mir und Vic tatsächlich entgangen war.

»Ein Restaurant?«

»... denn falls Sie noch keins haben sollten, kenne ich da einen Burschen, der gerade mit seinem Delikatessenladen umziehen will, weil man ihm die Miete erhöht hat.«

Ich hatte das Gefühl, daß mein Problem mit der Ladenzeile gelöst war.

»Ich sage Ihnen was, Sie Beziehungsreicher. Sprechen Sie mit den Leuten, von denen Sie glauben, daß sie in Frage kommen, dann komme ich morgen mit dem Grundriß wieder. Dann können wir uns auch darüber streiten, wer welchen Platz bekommt.«

Alles in allem liefen unsere Pläne für das reformierte Hotel recht reibungslos ab. Allerdings stellte sich heraus, daß wir bei allen Berechnungen eine Kleinigkeit übersehen hatten.

»Wir brauchen einen Namen!« stöhnte Vic zum hundertsten Mal, während er im Büro auf und ab ging.

Ich zeichnete gerade Drudel auf Hysteriums Schreibtischblock.

»Wie wollte er den Schuppen noch mal nennen?«

»Gasthof Hysterium.«

»Ist das wirklich so schlecht als Name?«

Wir sahen einander an.

»Ja«, sagten wir dann im Chor.

»Da fällt uns ja selbst im Schlaf noch ein besserer Name ein.«

Phantastisch, Vic. Was hast du anzubieten?«

»Wie bitte?«

»Der Name. Du hast gesagt, daß dir selbst im Schlaf noch ein besserer einfällt.«

»Ich habe gesagt, daß *uns* selbst im Schlaf noch ein besserer Name einfällt. Falls du es vergessen hast, wir sollen eigentlich ein Team sein.«

Ich zuckte hilflos mit den Schultern.

»Ich schlafe gerade nicht.«

»Wir brauchen einen Namen!« stöhnte mein Teamkamerad zum hundertundersten Mal.

»Sieh es doch mal von der positiven Seite, Fangzahn. Wenigstens brauchen wir uns nicht gegen eine etablierte Werbeaktion durchzusetzen.«

Der Vampir ließ sich in einen Sessel fallen.

»Das kannst du laut sagen«, knurrte er. »Kaum zu glauben, was für ein billiger Jakob dieser Täufler ist. Der wollte sogar ohne jede Werbung aufmachen!«

»Vergiß nicht, der ging auch von null Konkurrenz aus. Wenn du damit rechnest, daß du der einzige in der ganzen Stadt bist, brauchst du auch keine Werbung zu machen.«

»Na ja, die Hoffnung, den Job durchzubringen, ohne unseren Etat zu überziehen, können wir jedenfalls begraben«, meinte Vic grimmig. »Tut mir leid, Massha. Ich weiß, wieviel Mühe du dir gegeben hast, überall die Unkosten zu senken.«

»Vergiß es«, winkte ich ab. »Wie sollen wir diesen Schuppen deiner Meinung nach überhaupt promoten?«

»Die üblichen Zeitungsanzeigen werden nicht genügen ... auch wenn wir sie trotzdem schalten müssen. So kurz vor der Eröffnung müssen wir irgend etwas Besonderes auf die Beine stellen, damit es sich herumspricht.«

»Wie wäre es mit Plakattafeln?«

Vic schnitt eine Grimasse.

»Ich weiß nicht, Massha. Ich glaube kaum, daß ein paar Plakattafeln einen Unterschied machen.«

»Ich dachte eher an ganz viele Plakattafeln ... mehr an fünfzig davon, die das ganze Gebiet im Umkreis von zehn Meilen bepflastern.«

»... draußen in größeren Abständen, und immer dichter beieinander, je näher man herankommt«, fügte er nachdenklich hinzu. »Das gefällt mir! Natürlich kostet das eine Stange.«

»Dann werde ich eben hier und dort ein wenig an der Dekoration einsparen. Die sollten wir besser gleich festlegen. Nichts allzu Anspruchsvolles, wir wollen schließlich niemand, abschrecken. Was wir brauchen, ist jemanden, der die Schilder für die Reptilienfarmen malt. Eben diese Art von aufregender Aufmachung.«

»Ich kenne genau den richtigen«, meinte Vic und kritzelte etwas auf den Block. »Und das führt uns zum ursprünglichen Problem zurück.«

»Richtig. Wir brauchen einen Namen.«

Mit einem Ruck hob der Vampir den Kopf.

»He! Das ist doch *mein* Part!«

»Entschuldige.«

»Weißt du, daß alles davon abhängt?«

»Wie wäre es denn damit: Das Loch?«

»Nein. Wie wäre es mit Funny-Farm?«

»Nö. Und Höllenloch?«

»Willst du mich löchern?«

»Na gut, wie wäre es denn dann mit …«

Schließlich einigten wir uns auf ›Palast der Freuden‹. Dabei wurde unser Urteil ein wenig von der Tatsache beeinflußt, daß es mir gelungen war, einen heruntergekommenen örtlichen Jahrmarkt aufzutreiben. Den ließen wir auf unserem Gelände aufbauen, und im Gegenzug bekamen wir einige seiner Ausstellungsstücke zur Dekoration.

Das beste daran waren die überdimensionalen Gestalten, die sie oben auf ihren Geisterbahnen hatten. Das waren Wesen aus allen möglichen Dimensionen, die Arme und Kopf bewegten, während versteckte Lautsprecher Vorübergehende mit »Ho ho ho« ansprachen. Ich fand sie phantastisch und ließ sie draußen überall um das Hotel herum aufstellen … bis auf die Dame ohne Unterleib. Die ließ ich auf dem Herrenklo neben der Rezeption installieren.

Nachdem wir das erst einmal erledigt hatten, ergab sich der Rest der Dekoration von allein. An der Gebäudeform konnten wir nichts Aufregendes verändern, also ließ ich sie mit breiten Streifen bemalen ... genau wie ein Zirkuszelt, nur noch bunter.

Vic gestaltete die Disco, und sie wurde zu einem wahren Meisterwerk. Er ließ alles in Schwarz streichen: Boden, Wände, Decke, Möbel, alles. Außerdem ließ er an den Wänden und an der Decke Stühle und Tische befestigen, dazu lebensgroße Schaufensterpuppen in Abendgarderobe. Das wirkte sehr verwirrend, und wenn die Band spielte und die Scheinwerfer blitzten, wußte man wirklich nicht so genau, wo oben war und wo unten. Um diesen Effekt noch zu verstärken, bekam der Tanzboden eine leichte Neigung verpaßt und drehte sich um seine eigene Achse. Es war, als schwebte man im All und würde gleichzeitig von kosmischen Winden und der Schwerkraft attackiert. Er nannte den Nachtclub das ›Loch‹. Das Casino war allein mein Reich, und ich beschloß, nicht zu kleckern sondern nur zu klotzen. Ich stöberte einen Maler mit Sinn für Humor auf, und so verwendeten wir Tarnfarbe ... nur daß wir anstelle von Grün- und Brauntönen die Grundfarben in Leuchtstoffqualität verwendeten. Als i-Tüpfelchen brachten wir überall Spiegel an, aber die aus dem Spiegelkabinett des Jahrmarkts. Das erzeugte nicht nur die Illusion, daß das Casino größer wäre, sondern bewirkte zudem, daß die Kunden, wenn sie sich im Spiegel betrachteten, dieselben verschmelzenden Umrisse aufwiesen wie das Dekor. Auf jeden Fall warf es die Frage auf, in welcher Wirklichkeit wir eigentlich operierten.

Vic befürchtete, daß das alles zusammengenommen ein bißchen grell wirken könnte, aber ich wandte ein, daß es ja nur darum ginge, uns aus der Menge abzuheben und die Leute wissen zu lassen, daß wir da waren. Allerdings gab ich insofern nach, als ich einwilligte, Skeeve für den Abend vor der Eröffnung zum Gespräch mit Hysterium herbeizubitten. Ich meine, schließlich waren Geschäftsverhandlungen noch nie meine Stärke gewesen, und ich wußte beim besten Willen nicht, wie der Klient auf unsere ziemlich innovativen Ideen reagieren würde.

»Sie haben mich ruiniert! Das haben Sie getan! Mich ruiniert!«

Das war unser Klient. Ihr werdet euch schon denken können, daß er alles andere als zufrieden mit unserer Arbeit war. Und wenn ihr jetzt erfahrt, daß er so klang, nachdem wir schon über eine Stunde damit verbracht hatten, ihn zu beruhigen, könnt ihr euch vorstellen, wie fertig er tatsächlich war.

»Ich glaube, ich verstehe Ihr Problem nicht so recht, Mr. Hysterium«, sagte Vic. »Wenn Sie eine Beschwerde haben ...«

»Eine Beschwerde?« kreischte der Täufler. »Ich wüßte ja nicht einmal, wo ich anfangen sollte! Was haben Sie sich denn bloß dabei gedacht?«

»Wir wollten Ihren Schuppen in ein gewinnbringendes Hotel verwandeln. Das war unser Auftrag.«

Im Hinblick auf mein Temperament versuchte ich, mich weitgehend aus der Sache herauszuhalten, aber gelegentlich mußte ich doch mal das eine oder andere Wort einbringen.

»Ein Hotel? Ein Hotel? Das hier ist kein Hotel! Was ich Ihnen zurückgelassen hatte, *das* war ein Hotel! Aber das hier jetzt, das ist doch nur ein mieser Vergnügungsbums! Und was meinen Sie bloß mit *gewinnbringend*? Die ganzen Zimmer im Erdgeschoß sind weg! Das reduziert meine Mieteinnahmen um satte zwanzig Prozent!«

»Zwanzig Prozent von einem leerstehenden Hotel ist immer noch nichts!« schoß ich zurück.

»Massha hat recht«, sagte Vic und trat zwischen uns. »Wir brauchten den Raum, um Attraktionen einzubauen, die die Kunden anziehen sollen. Außerdem bringt alles, was wir dort untergebracht haben, Einnahmen für das Hotel.«

»Nicht, wenn die nichts verkaufen!« versetzte Hysterium. »Waren Sie schon einmal in einem von diesen Läden? Haben Sie sich den Plunder angeschaut, den die da verscherbeln? Und die Preise … Für eine Tasse Kaffee in diesem Nachtclub, den Sie da eingerichtet haben, bezahle ich ja schon mehr, als mich normalerweise eine ganze Mahlzeit kostet!«

»Es geht ja auch nicht jeder so billig essen wie du«, murmelte ich halblaut.

»Wie bitte?«

»Ich habe gesagt, daß du schon deinen Schnitt machen wirst … das heißt, wenn sie ihr Zeug an die Kunden verkaufen.«

»Aber es wird ja gar keine geben … ohhh! Ich bin ruiniert!«

Der Täufler versank in seinem Sessel und verbarg sein Gesicht in den Händen.

»Wenn Sie die Gestaltung erst hätten billigen wollen, dann wären Sie besser hiergeblieben. So blieb Massha und Vic nichts anderes übrig, als sich auf ihr eigenes Urteil zu verlassen.«

Das war Skeeve, der aus seinem Sessel in der Ecke sprach. Bisher hatte er wenig anderes getan, als sich das Wehgeschrei anzuhören.

»Hierbleiben?« Mit einem Ruck hob Hysterium

den Kopf. »Sie haben mich doch gezwungen, zu gehen! Sie haben gesagt, ich müßte ihnen vertrauen, wenn ich mich der Dienste Ihrer Firma versichern wollte.«

»Genau.« Skeeve nickte und wechselte die Taktik, ohne mit der Wimper zu zucken. »Sie wollten unsere Dienste haben, Sie haben uns vertraut, und wir haben Sie bedient. Ich sehe wirklich nicht, worüber Sie sich beschweren wollen.«

»Ich will mich darüber beschweren, daß Sie mir eine wahre Unsumme abgeknöpft haben ... noch dazu im voraus ... um mich aus dem Geschäft zu treiben! Wenn ich mit einem normalen Hotel Verlust gemacht hätte, wäre das schon schlimm genug gewesen, aber Geld zu verlieren *und* dazu noch die Witzfigur sein ...« In den Augen des Baulöwen glitzerten langsam Tränen. »Das Geld, das ich da investiert habe, gehörte der Familie meiner Frau. Ich könnte einen ordentlichen Profit erwirtschaften, wenn ich nur genug Kapital hätte, habe ich zu ihnen gesagt. Und jetzt ...«

Die Stimme versagte ihm, und er ließ den Kopf wieder hängen.

»Wenn das das einzige Problem ist, kommen wir vielleicht zu einer Lösung.«

»Vergessen Sie es! Es wird auch nichts nützen, Ihr Honorar zu reduzieren. Ich muß Geld machen, nicht nur weniger Geld verlieren.«

»Eigentlich dachte ich eher daran, Ihnen das Hotel abzukaufen.«

Ich warf Skeeve einen Blick zu. Er lehnte in seinem Sessel und studierte die Zimmerdecke.

»Meinen Sie das im Ernst?« fragte der Täufler hoffnungsfroh.

»Warum nicht? Auf diese Weise machen Sie einen Profit von ... sagen wir mal fünfzehn Prozent plus Unkosten? Was das Gebäude und das Land angeht und die Aufgabe, den Betrieb in Gang zu setzen, so wird das dann unser Problem sein, der Ruf des Unternehmens eingeschlossen. Dazu haben wir uns ja von Anfang an verpflichtet ... gewissermaßen.«

Hysterium war aufgesprungen und pumpte Skeeves Hand bereits, noch bevor der Boß aufgehört hatte zu reden.

»Das will ich Ihnen sagen, Skeeve ... Mr. Skeeve ... Sie sind ein wirklicher Gentleman! Das ist ja wunderbar! Gerade als ich dachte ... Ich kann Ihnen gar nicht sagen, wie sehr ich es zu schätzen weiß ...«

»Keine Ursache«, sagte Skeeve und nahm seine Hand wieder an sich. »Warum gehen Sie nicht gleich rüber zu meinem Büro? Meine Sekretärin ist noch dort. Erklären Sie ihr einfach alles, dann wird sie die Verträge aufsetzen. Ich will noch ein paar Worte mit meinen Agenten hier wechseln, dann komme ich rüber und unterschreibe.«

»Bin schon unterwegs«, winkte der Täufler. »Ach! Ich kann es gar nicht fassen ...«

»Natürlich dürfte Ihnen klar sein, daß wir so viel Bargeld nicht sofort flüssig haben. Wir werden Ihnen eine Vorabzahlung geben und uns auf irgendeinen Zahlungsmodus einigen müssen.«

»Prima. Prima. Solange wir nur einen Vertrag machen, der mir meinen Profit garantiert.«

Dann war er verschwunden, und wir konnten einander stumm in die Augen blicken. Schließlich musterte Skeeve uns beide.

»Der Laden ist voll ausgebucht?« fragte er, um

sich noch einmal bestätigen zu lassen, was wir ihm bei der Vorbesprechung bereits mitgeteilt hatten.

»... für drei Wochen, die Leute stehen zum Teil schon auf Wartelisten«, bekräftigte Vic. »Wir nehmen inzwischen Reservierungen bis zu eineinhalb Jahren im voraus entgegen.«

»... und Hysterium weiß nichts davon?«

»Er hat nicht danach gefragt, und wir haben bisher auch keine Gelegenheit gehabt, es ihm zu sagen«, meinte ich achselzuckend. »Du hast ja gesehen, wie er war.«

Skeeve nickte nachdenklich.

»Das bedeutet, daß wir ihn, falls meine Rechnung stimmt, in weniger als drei Monaten werden ausbezahlen können ... Die Einnamen vom Casino und den Läden nicht eingerechnet.«

Er erhob sich, streckte die Glieder und zwinkerte uns zu.

»Kommt, ihr beiden«, sagte er. »Ich glaube, ich werde mal eine Unsumme investieren gehen, indem ich euch zu einem Drink einlade!«

Kapitel 4

Wenn du zu beschäftigt bist,
um deinen Freunden zu helfen,
dann bist du einfach zu beschäftigt!
L. Iacocca

Eigentlich war ich nie wild auf den Palast der Freuden gewesen. Ich meine, klar, er bescherte uns satte Profite, aber irgendwie hatte ich es nie darauf abgesehen, mal ein Hotel-Casino zu besitzen. Vor allem hielt ich es nicht für eine gute Idee, einen Präzedenzfall zu schaffen, indem man einem unzufriedenen Kunden etwas abkauft, egal, als wie einträglich das Geschäft sich erweisen sollte. So aber versuchten Hysteriums Verwandte (bzw. die seiner Frau), den Vertrag für ungültig erklären zu lassen, und zwar auf der Grundlage der Behauptung, daß er nicht recht bei Trost gewesen sein konnte, ein derartig lukratives Geschäft zu dem Preis zu verschleudern, den er gefordert hatte. Das machte mir nicht allzu große Sorgen, denn wir waren immer noch im Bazar von Tauf, und wenn man dort jeden, der ein schlechtes Geschäft abschloß, für verrückt erklärte, würde die ganze Wirtschaft zusammenbrechen.

Wirkliche Sorgen machte mir vielmehr die Tatsache, daß ich nun wieder mit dem Giek zu tun bekommen würde. In der Vergangenheit hatte er immer wieder bewiesen, daß es ihm in erster Linie darum ging, seine eigenen Taschen zu stopfen, ohne Rücksicht auf andere zu nehmen, und ich hielt es für gefährlich, ihn in eine Position zu bringen, wo er so verlockend leichten Zugang zu unserem Geld hatte, auch wenn es nur ein Teil davon sein mochte.

Andererseits konnte ich gegen Masshas Logik, ihn in den Plan miteinzubeziehen, nichts einwenden; und als sie mit ihm gesprochen hatte, hatte sie ja noch nicht daran gedacht, daß er eines Tages Berichte an uns abliefern würde. Bunny versicherte mir, daß sie höchstpersönlich sämtliche Geschäftsberichte des Casinos überprüfte, die der Giek zusammen mit unserem Anteil an den Einnahmen einreichte, aber ich mußte feststellen, daß ich trotzdem noch unverhältnismäßig viel Zeit damit verbrachte, die Tabellenkalkulationen persönlich durchzugehen, weil ich halb damit rechnete, einen Hinweis darauf zu finden, daß er nebenbei irgendwie sein Scherflein ins Trockene brachte.

Das tat ich auch gerade an diesem Nachmittag, die zahllosen Briefe und Pflichten beiseiteschiebend, die auf meinen Zeitplan drückten, um einmal mehr die Geschäftsberichte des Giek zu überprüfen. Bunny hatte mir mal gesagt, daß ein großer Prozentsatz von Betriebs- und Wirtschaftsprüfern mehr aus Gehässigkeit als aus Instinkt oder erfahrener Einsicht heraus handelten. Es war also weniger so, daß sie irgendeinen Fehler in den ihnen vorliegenden Zahlen entdeckten; statt dessen knöpften sie sich irgendeine Abteilung oder einen Manager vor, die oder der ihnen Unannehmlichkeiten bereitete oder sie vielleicht beim Betriebsfest geschnitten hatte, um sich dann deren Berichte besonders sorgfältig anzuschauen. Bunny behauptet, daß jeder Bericht mit der Zeit mit Makeln behaftet wird oder irgendwelchen Argwohn erweckt, wenn man ihn nur genau genug unter die Lupe nimmt.

Das mag ja sein, wenn man selbst ein begabter Zahlenfresser ist. Ich hingegen mußte die Entdekkung machen, daß es alles andere als erbaulich war, über längere Perioden hinweg auf Reihen aus winzigen Zahlen zu starren. Vor allen Dingen, nachdem ich mehrere Stunden über den Berichten gehockt hatte, um nun in Augen, Nacken, Rücken und tieferen Regionen Krämpfe und stechende Schmerzen zu spüren.

Als ich mich im Sessel zurücklehnte, um mich ein wenig zu entspannen und auszustrecken, fiel mein Blick auf den Bleistift, den ich angewidert auf den Schreibtisch geworfen hatte. Mit einem Feixen griff ich mit dem Geist danach, packte ihn und ließ ihn hochsteigen. Was tun Magiker, wenn sie sich langweilen oder wenn sie deprimiert sind? Natürlich machen sie mit Magik rum!

Erinnern Sie sich noch daran, wie ich früher einmal geschwitzt und gestöhnt habe, wenn ich auch nur eine Feder levitieren sollte? Nun, diese Zeiten sind längst vorbei. Es geht doch nichts darüber, ein paar Jahre lang die Grundlagen anwenden zu müssen, beispielsweise die Levitation, um seine nackte Haut zu retten – das fördert das Selbstvertrauen. Und wie Aahz immer gesagt hat, ist Selbstvertrauen der Schlüssel zur Magik.

Ich hob den Bleistift bis zur Zimmerdecke, hielt inne, dann ließ ich ihn durch das Zimmer ziehen, wobei er in jeder Ecke abrupt haltmachen mußte, um einen rechten Winkel zu schlagen. Ich merkte, daß ich halblaut ein Lied summte, während ich ihn umherbewegte, also brachte ich ihn wieder über den Schreibtisch und lenkte ihn aus der Ferne wie einen Dirigentenstab, um den Trommeln und Hörnern

Hinweise zu geben, während sich die Melodie aufbaute.

»Nett zu sehen, daß du dich noch fit hältst.«

Ich sah zur Tür hinüber und entdeckte meinen alten Mentor, der im Rahmen lehnte und mir bei der Arbeit zusah.

»Hallo, Aahz«, sagte ich und bewegte den Bleistift geschmeidig weiter. »Ach, es gab so viel zu tun, daß ich kaum Zeit zum Üben hatte, aber ab und zu mache ich doch noch den einen oder anderen Zauber.«

So gelassen, wie ich mich anhörte, war ich insgeheim doch sehr zufrieden, daß der Bleistift nicht einmal gezittert hatte, als Aahz mich überraschte. Eine der schwierigsten Lektionen, die Aahz mir beigebracht hatte, hatte darin bestanden, die Konzentration auf einen Zauber nicht wanken zu lassen oder, genauer, einen Zauber auch dann aufrechtzuerhalten, wenn die Konzentration erst einmal zerstört war. Und ich glaubte, daß ich die Sache endlich bewältigt hätte. Ich hoffte nur, daß er es auch bemerkte.

»Hast du für deinen alten Partner ein paar Minuten Zeit übrig?«

»Klar doch, nimm dir einen Sessel.«

Ich gelangte zu dem Schluß, daß es unhöflich wäre, wenn ich mit dem Bleistift weiterspielte, während ich mich mit Aahz unterhielt; also führte ich ihn dorthin, wo ich ihn mühelos aus der Luft pflücken konnte, indem ich mich einfach nur vorbeugte. Aahz schien es jedoch nicht zu bemerken. Er hatte den Hals etwas gereckt, um sich die Papiere anzuschauen, die über meinen Schreibtisch verteilt waren.

»Was ist denn das alles?«

»Oh, ich gehe nur mal die Geschäftsberichte des Palastes der Freuden durch. Ich traue dem Giek immer noch nicht ganz.«

Aahz legte sich in seinem Sessel zurück und legte den Kopf schräg.

»Der Palast der Freuden, wie? Habe noch gar nicht viel Gelegenheit gehabt, um länger mit dir darüber zu reden. Das war ein ganz schöner Coup, den du da abgezogen hast.«

Mir wurde wohlig warm, und ich fühlte mich von seinem Kommentar geschmeichelt. Wenn wir auch pro forma Gleichberechtigte waren – und das schon seit einer ganzen Weile –, war er doch noch mein alter Lehrer, und ich konnte nicht anders, als auf sein Lob zu reagieren.

»Mir schien es wie der beste Ausweg aus einer schlechten Situation«, meinte ich wie beiläufig.

»Das stimmt«, bestätigte er nickend. »Es ist immer leichter, ein Problem zu lösen, indem man mit Geld danach wirft, als seinen Grips zusammenzunehmen und sich einen anderen Ausweg auszudenken.«

Plötzlich klang das gar nicht mehr wie ein Kompliment. Ich merkte, wie mein Stolz sich rasend schnell in Rechtfertigungsbedürfnisse umwandelte.

»Ich glaube, die Erträge dieser Gesellschaft haben die Investition wohl mehr als gerechtfertigt.«

Das hörte sich ein wenig steif an, selbst für meine Maßstäbe. Mir war aufgefallen, daß ich in letzter Zeit immer mehr meine Zuflucht in der Steifheit suchte, wo ich früher über meine eigene Unerfahrenheit oder über meinen Mangel an verwendungsfähigen Daten gejammert hatte.

»Nun, über gute Profite habe ich mich wirklich noch nie beklagt«, sagte Aahz und lächelte dabei so breit, daß seine Zähne vom einen bis zum anderen Ohr zu sehen waren. »Auch wenn das bedeutet, ein Casino zu kaufen, das wir weder wollen noch brauchen.«

Langsam hörte es sich immer mehr nach einer Standpauke als nach einer Bestätigung an, was ich doch für eine prima Arbeit geleistet hätte. Und wenn ich auch Zeit für freundschaftliches Geplaudere und ›Brav, mein Junge!‹ freimachen konnte, war ich jetzt keineswegs in der Stimmung, mir meine Mängel unter die Nase reiben zu lassen.

»Was passiert ist, ist passiert, und im Nachhinein darüber zu grübeln, ist allenfalls von akademischem Interesse«, sagte ich barsch und beendete so das Thema. »Weshalb wolltest du mich sprechen?«

Beinahe hätte ich begonnen, in den Papieren auf meinem Schreibtisch herumzuwühlen, um die Tatsache zu unterstreichen, daß ich beschäftigt war. Aber dann fiel mir gerade noch rechtzeitig ein, daß es sich ja um die Geschäftsberichte des Casinos handelte ... Das war *ganz bestimmt* nicht die richtige Methode, um die Aufmerksamkeit von diesem Thema abzulenken.

»Ach, nichts Besonderes«, meinte Aahz achselzuckend. »Ich wollte nur gerade auf einen kleinen Auftrag losziehen und dachte mir, daß du vielleicht mitkommen möchtest.«

»Einen Auftrag? Ich habe dir doch gar keinen Auftrag erteilt.«

Kaum hatte ich die Worte ausgesprochen, als ich sie auch schon bereute. Nicht nur, daß sie sich bürokratisch anhörten, sie unterstrichen zudem die Tatsache, daß ich trotz unserer schweren Arbeitslast bisher keine Arbeit für Aahz gefunden hatte.

Mein alter Mentor zuckte angesichts dieses Fauxpas mit keiner Wimper.

»Es ist kein richtiger Auftrag. Mehr eine Art Arbeitsurlaub. Ich wollte in meiner Freizeit ein bißchen arbeiten. Ein Gefallen für einen Freund, der sich unsere normalen Honorare nicht leisten kann.«

Spätestens ab diesem Punkt hätte ich mißtrauisch werden müssen. Wenn ich tatsächlich ein Raffzahn sein sollte, so hat das allenfalls von Aahz auf mich abgefärbt. Jedesmal, wenn Aahz davon redet, daß wir irgend etwas verschenken sollten, was wir ebensogut hätten verkaufen können, beispielsweise unsere Zeit, hätte ich eigentlich wissen müssen, daß irgend etwas im Busch lag.

»Ach, Aahz, ich glaube kaum, daß ich dafür Zeit habe. Ich bin wirklich sehr beschäftigt.«

»... beschäftigt, Bleistifte zu levitieren und der Veruntreuung von Geldern nachzuspüren, die sowieso alle schwarz verdient werden?«

Sein Versuch eines unschuldigen Lächelns verfehlte sein Ziel gerade so weit, um dem reinen Hohn nahezukommen.

»Komm schon, Aahz. Das ist nicht fair. Ich habe *wirklich* hart gearbeitet. Ich brauche nur ab und zu mal eine Entspannungspause. Das ist alles.«

»Genau das, was ich meine«, erwiderte mein Partner und stellte seine Falle auf. »Es wird Zeit, daß du mal dieses Büro verläßt und hinaus ins Feld zurückkehrst, bevor du noch zu einem permanenten Bestandteil dieses Sessels wirst. Weißt du, du solltest lieber nicht den Kontakt zur Basis verlieren, und diese kleine Aufgabe ist gerade das richtige, um dich mal wieder daran zu erinnern, wie es ist, auf Auftrag loszuziehen.«

Ich spürte, wie ich immer mehr ausmanövriert wurde, je länger er sprach. Verzweifelt hob ich die Hand.

»Also gut, also gut. Erzähl mir davon. Wer ist denn dieser Freund?«

»Eigentlich ist es mehr ein Bekannter. Du kennst ihn auch. Erinnerst du dich noch an Ganzfix?«

»Ganzfix? Der Dämonenjäger, der zum Magiker wurde? Meinst du *diesen* Ganzfix?«

Aahz nickte heftig.

»Genau den. Er hat offensichtlich ein Problem, dem er allein nicht gewachsen ist ... was irgendwie nicht weiter überraschend ist. Ich dachte, du könntest dich dafür interessieren, ihm ein wenig unter die Arme zu greifen. Vor allem, weil wir es ja waren, die ihn in diese Lage gebracht haben.«

Schach und matt.

»Also gut, Aahz«, sagte ich und musterte bekümmert die unerledigte Arbeit auf meinem Schreibtisch. »Laß mich erst noch ein paar Dinge mit Bunny klären gehen, dann komme ich sofort zu dir.«

AAHZ' BERICHT

Jahk hatte sich seit unserem letzten Besuch nicht sonderlich verändert, aber so ist das ja meistens mit diesen abseits gelegenen Dimensionen. Wir reisten inkognito, was wir Perfekter schon gewohnheitsmäßig tun, wenn wir eine Dimension aufsuchen, in der wir schon mal gewesen sind, und der Junge hat mir den Trick abgeschaut. Sie müssen nämlich wissen, daß die Perfekter – im Gegensatz zu dem, was man im allgemeinen glaubt – keineswegs die *ganze* Zeit gern rumstreiten, aber jeder zweite Besuch in einer Dimension endet meistens mit einem Streit mit jemandem, der uns vom ersten Mal her wiedererkennt und sich einbildet, daß er jetzt besser vorbereitet wäre. Das bestätigt nur unsere Auffassung, die wir auf Perv haben, daß nämlich die anderen Dimensionen alle antisozial sind und daß wir am besten zuerst zuschlagen sollten, um uns den Überraschungsvorteil zu sichern. Ganz zu schweigen davon, daß wir Besucher aus anderen Dimensionen damit abschrecken. Unsere Dimension ist schon unangenehm genug, da brauchen wir nicht noch fremdes Gesocks, das mal eben zu uns rüberkommt und noch mehr Ärger macht.

Natürlich ist die Tatsache, daß ich ein Perfekter bin, nicht der einzige Grund, weshalb die Bürger von Jahk darauf erpicht sein könnten, unsere Skalps zum Trocknen an die Leine zu hängen. Als wir letztes Mal hier waren, haben wir diese Dimension ganz schön aufgemischt, indem wir in ihr Großes Spiel hineingeplatzt sind. So alt und zynisch ich auch inzwischen geworden sein mag, muß ich doch immer noch wehmütig lächeln, wenn ich an die Verwüstungen denke, die wir damals angerichtet haben.

»Was glaubst du, wie lange Ganzfix' Probleme uns beschäftigen werden, Aahz?« fragte Skeeve und unterbrach meinen Gedankengang.

»Ich weiß es wirklich nicht«, bemerkte ich achselzuckend. »Ich schätze, wir werden es etwas genauer wissen, nachdem er uns erst einmal richtig aufgeklärt hat, um was für ein Problem es sich genau handelt.«

Der Junge blieb abrupt stehen und sah mich finster an.

»Soll das heißen, daß du ihm unsere Hilfe zugesagt hast, ohne zu wissen, auf was du dich da freiwillig einläßt? Woher willst du dann wissen, daß wir ihm die Sache angeblich eingebrockt haben?«

Obwohl Skeeve mehr als einmal bewiesen hat, daß er eine schnelle Auffassungsgabe besitzt, gibt es doch immer noch Gelegenheiten, bei denen er so begriffsstutzig reagiert, daß es schon fast empörend ist.

»Was hat Ganzfix getan, als wir uns zum ersten Mal begegnet sind?« frage ich ihn.

»Er war Dämonenjäger. Warum?«

»Und was tut er jetzt?«

»Das letzte, was wir von ihm gehört haben, war, daß er den Posten des Hofzauberers von Ta-hoe innehielt.«

»Und weshalb, glaubst du, hat er sich dazu entschieden, seinen Lebensunterhalt lieber mit Magik als mit dem Schwingen von Schwertern zu verdienen?«

»Oh.«

Ein paar Augenblicke lang sah er ein bißchen niedergeschlagen aus, doch er erholte sich schon bald wieder.

»Ich meine immer noch, daß du erst hättest feststellen müssen, um was für ein Problem es sich handelt. Wenn wir dort erst einmal drinstecken, weiß kein Mensch, wie lange es dauern wird, und ich kann nicht *zu* lange dem Büro fernbleiben. Ich bin dieser Tage wirklich beschäftigt.«

»Nun schön«, meinte ich lächelnd, »dann sollten wir ihn doch wohl besser schnellstmöglich aufspüren, anstatt hier auf der Straße herumzustehen und zu diskutieren.«

Der Junge rollte melodramatisch die Augen und setzte sich wieder in Bewegung.

Skeeve hat sich sehr verändert in all den Jahren, in denen ich mit ihm gearbeitet habe. Als wir uns kennenlernten, war er noch ein Kind. Nun ist er ein junger Mann ... obwohl ich ihn in Gedanken immer noch als den ›Jungen‹ oder das ›Kind‹ bezeichne. Alte Gewohnheiten lassen sich eben schwer ausrotten. Er hat sich von einem schlacksigen Jungen zu einem Jungendlichen entwickelt, der sich inzwischen schon rasieren muß ... auch wenn das nur gelegentlich der Fall ist, so daß er dazu neigt, es zu vergessen, bis Bunny ihn mal wieder daran erinnert. Noch erstaunlicher ist, wie sehr er an Selbstvertrauen und Haltung gewonnen hat, um sogar einen gewissen eigenen Stil zu entwickeln. Alles in allem war es sehr interessant mitanzusehen, wie mein jugendlicher Schutzbefohlener sich in den letzten paar Jahren entwickelte. Ich wünschte nur, daß ich mir weniger Sorgen über die Richtung zu machen brauchte, in die er sich entwickelt hat.

Sie müssen nämlich wissen, daß Skeeves bezauberndstes Markenzeichen stets darin bestand, daß ihm Leute wichtig waren ... daß er sich wirklich Sorgen um sie machte. Ob es Garkin war, sein alter Lehrer, der starb, auch wenn mein Kollege den Jungen als Schüler nie fair behandelt hatte; oder ob man an die Mühe denkt, die er sich machte, um Ajax' ermattendes Ego zu stützen, als der alte Bogenschütze an seinem eigenen Kampfwert zweifelte; stets besaß Skeeve eine niemals wankende Fähigkeit, das Gute in den Leuten zu erkennen und entsprechend zu handeln. Das ist auch mit ein Grund, weshalb ich bei ihm blieb, um mit ihm zu arbeiten ... ebensosehr, um zu lernen, wie um zu lehren.

In letzter Zeit scheint sich das jedoch zu ändern.

Seitdem er den Posten als Präsident unserer Firma übernommen hat, scheint Skeeve sich mehr und mehr über das Geschäft und weniger um die Leute zu sorgen. Das mag den anderen vielleicht nicht aufgefallen sein. Bunny und Tanda sind so beschäftigt, einander auszustechen, daß sie es nicht einmal bemerken würden, wenn eine Blaskapelle durchs Zimmer käme, während Chumly alle Hände voll zu tun hat, um sie auseinanderzuhalten. Massha und die beiden Ganoven neigen zu blinder Loyalität. Die würden für Skeeve wahrscheinlich eine Klippe hinunterspringen, ohne zweimal darüber nachzudenken oder auch nur Frage Nummer 1 zu stellen. Andererseits kennen sie ihn auch noch nicht so lange wie ich und denken vielleicht, daß sein jetziges Verhalten ganz normal ist. Mir jedoch erscheint es wie ein grundlegender Wandel.

Diese ganze Sache mit dem Casino-Kauf ist auch nur ein Beispiel dafür. Der Skeeve, den ich früher kannte, hätte darauf bestanden, daß Hysterium sämtliche Tatsachen erfuhr, bevor er den Vertrag unterschrieb, oder er hätte ihm wenigstens eine größere Abfindungssumme geboten. Statt dessen hatte er uns ein Lehrstück in Opportunismus vorgeführt, das jeden feilschenden Täufler noch vor Neid erblassen lassen würde.

Nun wissen Sie ja alle, daß ich wahrhaftig nichts gegen Profit habe, vor allem nichts gegen wirklich unchristlich großen ... Aber das bin eben auch ich. Skeeve dagegen sollte eigentlich das humane Gegengewicht bilden. Während ich glaube, daß ich von ihm viel über Leute gelernt habe, fürchte ich, daß er von mir die falschen Lektionen aufgenommen hat ... oder auch die richtigen, aber die dann viel zu gut.

Das jedenfalls war der Grund, weshalb ich Ganzfix' Brief nicht gleich in den Papierkorb geworfen habe, als er uns in den Bazar nachgeschickt wurde. Ich habe mir überlegt, daß ich mit seiner Hilfe etwas mehr Zeit auf Skeeve verwenden könnte, um herauszufinden, ob ich einfach nur nervös wurde, oder ob es wirklich einen Grund zur Sorge gab. Bisher neigte ich eher zur letzteren Ansicht.

Glücklicherweise war Ganzfix inzwischen nicht umgezogen. Bei der Ungeduld des Jungen fürchtete ich schon, daß er aus dem ganzen Geschäft aussteigen könnte, falls es uns zusätzliche Zeit kosten sollte, den Magiker aufzuspüren. Als Antwort auf unser Klopfen erschien ein vorsichtiges Auge im Türspalt.

»Oh! Ich hatte gehofft ... das heißt, ich erwartete ... Kann ich Ihnen helfen, meine Herren?«

Wir hatten die ›Alte-Mann-Verkleidung‹ schon öfter gesehen, so daß kein Zweifel mehr daran bestand, daß es wirklich Ganzfix war, der uns da anlugte.

»Wir sind es, Ganzfix«, rief der Junge forsch, noch bevor ich auch nur »Hallo« sagen konnte. »Läßt du uns rein, oder sollen wir gleich wieder nach Hause gehen?«

»Skeeve? Oh, dem Himmel sei Dank. Aber natürlich ... kommt rein.«

Ich persönlich fand Skeeves Verhalten ja ein wenig abrupt, und ich glaubte, daß Ganzfix, indem er sich so auf ihn stürzte, seine Manieren um kein bißchen verbessern würde.

»Entschuldigt den Empfang«, sagte der Magiker und trieb uns hinein, »aber ich hatte Angst, es könnte einer meiner Gläubiger sein.«

Nachdem er die Tür hinter sich geschlossen hatte,

ließ Ganzfix seinen Tarnungszauber fallen … der war wahrscheinlich zu anstrengend, nehme ich an. Als ich ihn in seinem wirklichen Aussehen erblickte, war ich leicht schockiert.

Die Jahre waren nicht allzu gnädig mit unserem alten Verbündeten umgegangen. Da hatten sich Mühsal und Anstrengung tief in sein Gesicht gekerbt, wo vorher glatte Haut gewesen war. Sein Heim wirkte reichlich abgenutzt. Die Wände mußten dringend mal gestrichen werden, oder wenigstens getüncht, und das Mobiliar sah so aus, als hätte man es eher repariert als ausgetauscht.

»Das hier ist ja ein richtiges Loch!« bemerkte Skeeve mit seinem neuerworbenen Mangel an Diplomatie. »Wirklich, Ganzfix! Wenn du schon nicht an dich selbst denkst, dann denk doch wenigstens an den Berufsstand. Wie sollen die Leute denn die Magiker respektieren, wenn sie sehen, wie einer von ihnen so haust?«

»Immer mit der Ruhe, Partner«, sagte ich leise. »Wir können schließlich nicht alle Casinos besitzen. Manche von uns müssen auch in wackligen Hütten im Wald überleben … oder sogar auf offener Straße unter Bäumen nächtigen.«

Das trug mir einen scharfen Blick ein, aber Ganzfix trat dazwischen.

»Nein, Skeeve hat schon recht. Ich kann nur sagen, daß ich es versucht habe. Das ist auch ein Teil der Ursache für den Schlamassel, in dem ich mich jetzt befinde. Ich habe meinen Kredit überzogen, um nach außen hin stets die Form zu wahren, und jetzt kommt die Abrechnung.«

»Ach, Ganzfix, wenn das dein einziges Problem ist, dann können wir uns in Null Komma nichts darum kümmern. Wir können für einen schnellen Konsolidierungskredit sorgen, um die Haie zu sättigen, die hinter dir her sind … natürlich mit einem kleinen Zinsaufschlag. Stimmt's, Aahz?«

Der Gedanke an eine schnelle Lösung des Problems schien Skeeves Laune erheblich zu verbessern. Beinahe wäre ich versucht gewesen, mich ihm anzuschließen, aber ich hatte das dumpfe Gefühl, daß hinter der Situation noch mehr steckte, als das unbewaffnete Auge erkennen konnte.

»Ich weiß nicht, Skeeve. Ich glaube, ich würde gern noch ein wenig über das genaue Problem erfahren, wenn du nichts dagegen hast.«

»Ach, komm schon, Aahz! Begleichen wir doch einfach seine Schulden und gehen wir wieder. Wenn wir uns beeilen, sind wir bis zum Mittagessen wieder im Büro.«

Obwohl ich versucht hatte, geduldig zu bleiben, ja mir dies sogar geschworen hatte, gab mir sein nörgelnder Ton schließlich den Rest.

»Hör mal zu, *Junge*«, sagte ich, den Ausdruck ganz bewußt einsetzend. »Wenn du so fürchterlich erpicht darauf bist, zurückzugehen, dann geh doch! Ich jedenfalls werde versuchen, hier das *eigentliche* Problem zu lösen, falls ich jemals herausfinde, worum es eigentlich geht; vielleicht sogar, ohne es einfach mit Geld zuzuschütten. Okay?«

Es war ein billiger Angriff, aber Skeeve hatte schließlich drum gebettelt. Eine Minute lang glaubte ich, daß er meinen Vorschlag annehmen und verschwinden würde, doch statt dessen setzte er sich aufs Sofa und schmollte. Na, klasse! Ich kehrte ihm den Rücken zu und widmete meine Aufmerksamkeit wieder Ganzfix.

Nach all den Jahren wirkte es seltsam, die Führung in etwas zu übernehmen, was im Prizip eine ›Leute‹-Situation war. Sonst übernahm ich die Taktik … okay, und manchmal auch das Geld … und überließ die Leute Skeeve. Es war sein Teil unserer Partnerschaft, dafür zu sorgen, daß ich mit meiner etwas kantigen Persönlichkeit nicht zu viele Leute zu Feinden machte, besonders nicht unsere Freunde. Jetzt aber, da er den Schmollmaxe spielen mußte, ging diese Aufgabe an mich über, und ich war ziemlich aus der Übung. Ach, um ehrlich zu sein, war ich noch nie *in* Übung, was derlei Dinge betraf. Ironischerweise ertappte ich mich dabei, wie ich darüber nachdachte, was Skeeve wohl in einer solchen Lage sagen würde.

»Also, Ganzfix«, sagte ich und versuchte es mit einem warmherzigen Lächeln, »wo drückt denn der Schuh genau?«

Er zappelte unruhig hin und her.

»Na ja, das ist eine lange Geschichte. Ich … ich weiß nicht so recht, wo ich anfangen soll.«

Mir fiel plötzlich wieder ein, daß Nicht-Perfekter meist nervös werden, wenn sie die Zähne eines Perfekters zu Gesicht bekommen, also ließ ich das Lächeln wieder fallen.

»Warum beginnst du nicht einfach am Anfang? Wieso hast du Geldprobleme? Als wir letztes Mal hier waren, schien es dir doch ganz gut zu gehen.«

»Da hat es auch angefangen«, seufzte er. »Letztes Mal, als ihr hier wart. Weißt du noch, wie die damals entschieden haben, wer hier die Regierung stellen sollte? Mit dem Großen Spiel?«

Tatsächlich hatte ich seit Jahren nicht mehr darüber nachgedacht, aber während er darüber sprach, fiel es mir wieder ein.

»Ja, ja. Jedes Jahr wurde durch das Große Spiel zwischen Ta-hoe und Veygus entschieden, wer die Trophäe bekommt *und* im nächsten Jahr die Hauptstadt stellen sollte.«

Ganzfix nickte vage.

»Richtig. Nun, das hat sich inzwischen alles verändert. Als ihr Burschen das Spiel gewonnen habt und mit der Trophäe abgezogen seid, hat das das ganze fünfhundertjährige System auf den Kopf gestellt. Eine Weile lang gab es eine Fraktion, die der Auffassung war, daß Possiltum, wo ihr die Trophäe ja aufbewahrtet, folglich auch ein Jahr die Hauptstadt sein sollte. Glücklicherweise haben sich weisere Stimmen durchgesetzt.«

Es war nett zu wissen, daß es auch mal Schwierigkeiten gab, die uns tatsächlich erspart geblieben waren. Ich bemerkte, daß Skeeve sich selbst zum Trotz die Ohren gespitzt hatte und aufmerksam lauschte, während Ganzfix fortfuhr.

»Man entschied schließlich, daß ein Gemeinsamer Rat die Regierung stellen sollte. Dieser Plan wurde umgesetzt, der Rat wurde paritätisch mit Vertretern beider Stadtstaaten besetzt, und zum ersten Mal in fünfhundert Jahren stabilisierte sich die Regierung dieser Dimension.«

Es klang ganz danach, als wäre aus unserer verrückten Unternehmung tatsächlich noch etwas Gutes hervorgegangen. Das erzeugte in mir ein gutes Gefühl. Und dennoch …

»Ich verstehe nicht ganz. Wieso soll das ein Problem sein?«

Der Magiker lächelte schiefmäulig.

»Denk doch mal nach, Aahz. Mit dem Ende der Fehde zwischen den beiden Stadtstaaten gab es auch keinen Bedarf mehr für zwei Magiker. Man beschloß, daß ein einziger durchaus reichen würde.«

»Hoppla«, meinte ich.

»›Hoppla‹ ist genau richtig. Massha war ihre erste Wahl. Sie hatte beiden Stadtstaaten mal als Magikerin gedient, und ehrlich gesagt waren sie beeindruckter von ihr als von mir … vor allem, nachdem ich ihre Dämonengeisel beim Großen Spiel entkommen ließ. Als sie sie jedoch aufsuchten, um es ihr zu sagen, war sie verschwunden. So blieb nur ich übrig.«

Ich ertappte mich dabei, wie ich mir überlegte, ob Masha als Skeeves Lehrling angeheuert hatte, bevor oder nachdem sie von der organisatorischen Umstrukturierung und Ganzfix' Entlassung erfahren hatte.

»Die arbeitet mit uns zusammen drüben auf Tauf«, bemerkte Skeeve, der sich langsam doch noch von dem Gespräch angezogen fühlte.

»Wirklich? Na ja, das leuchtet eigentlich ein. Nachdem ihr hier auf regionaler Ebene so weit gekommen seid, wie ihr konntet, ist es nur natürlich, wenn ihr woanders in eine größere Show einsteigt.«

»Ich verstehe immer noch nicht, wie du finanziell ins Abseits rutschen konntest«, erwiderte ich und versuchte, das Gespräch wieder aufs eigentliche Thema zu lenken.

Ganzfix schnitt eine Grimasse.

»Das liegt an meinem Vertrag. Angesichts der neuen Situation mußte ich eine satte Gehaltskürzung hinnehmen. Zuvor war mein Gehalt angemessen, wenn auch nicht gerade dazu angetan, mich zu Freudensprüngen zu bewegen. Jetzt dagegen …« Er brach ab.

»Ich verstehe das nicht«, meinte Skeeve. »Wieso

machst du weniger Geld, wenn du zwei Stadtstaaten dienst statt nur einem?«

»Wie ich schon sagte, mein Vertrag. Der enthält Klauseln, von denen ich gar nicht wußte, daß sie existieren, bis der Rat sie aus dem Ärmel zog.«

»Was für Klauseln?« fragte ich stirnrunzelnd.

»Na, zum Beispiel, daß der Arbeitgeber das Recht hat, die Höhe meines Gehalts festzulegen; das ist die wichtigste, an die ich mich erinnern kann. Und zwar ›entsprechend den Bedürfnissen der Gemeinde‹; und da haben sie darauf hingewiesen, daß ja nun keine Fehde mehr herrsche, meine Arbeitslast dadurch reduziert sei und folglich auch mein Gehalt eine entsprechende Kürzung erfahren müsse. Dann ist da noch die ›Kündigungsausschlußklausel‹ ...«

»Die was?«

»Die ›Kündigungsausschlußklausel‹. Kurz gesagt können sie mich zwar feuern, aber ich kann für die Dauer meines Vertrags nicht kündigen. Gehe ich trotzdem, muß ich für meinen Nachfolger aufkommen – ich glaube, sie nennen ihn den ›Subkontraktor‹ – selbst wenn sie dem mehr bezahlen als mir. Deshalb hänge ich hier auch fest. Ich kann es mir nicht leisten aufzuhören. Selbst wenn ich woanders einen neuen Job bekäme, bliebe mir noch weniger übrig als jetzt, wenn ich erst einmal das Gehalt meines Ersatzmannes davon abziehen muß. Und ich kann mir nicht vorstellen, eine Stellung zu bekommen, in der ich doppelt soviel verdiene wie jetzt. Nicht bei meinen Referenzen.«

Einen Augenblick lang glaubte ich schon, daß Skeeve ihm gleich einen Posten in unserer Firma anbieten würde, statt dessen aber stöhnte er und vergrub sein Gesicht in den Händen.

»Ganzfix!! Wie konntest du nur einen Vertrag mit solchen Bedingungen unterschreiben? Herrje, wie konntest du *überhaupt* irgendeinen Vertrag unterschreiben, ohne sicher zu sein, was er enthält?«

»Ehrlich gesagt war ich so froh, überhaupt eine Arbeit zu finden, daß ich es gar nicht wagte, zu viele Fragen zu stellen.«

»... da ist auch noch die kleine Tatsache«, warf ich ein, »daß er, als er mit dem Spiel begann, noch allein war. Damals hatte er keinen Lehrer und auch keinen Haufen von Freunden, die seine Verträge durchsehen oder ihn vor schlimmen Abmachungen warnen konnten.«

Es wurde immer schwieriger, den Jungen davon abzuhalten, auf die Fehler anderer mit wachsender Intoleranz zu reagieren. Selbst meine alles andere als subtile Ermahnung zeitigte nur einen Teilerfolg.

»Na ja, er hätte *mich* ja fragen können«, knurrte Skeeve. »Ich hätte wenigstens die gröbsten Schweinereien entdeckt.«

»Sofern ich mich erinnere«, versuchte ich es erneut, dabei die Decke interessiert musternd, »hast du damals als Hofmagiker in Possiltum gearbeitet ... ohne irgendeine schriftliche Abmachung. Wärst *du* etwa zu *dir* gekommen, um dich in Vertragsdingen beraten zu lassen?«

»Schon gut, schon gut, ich habe verstanden, Aahz. Also, was soll ich für dich tun, Ganzfix?«

Ich überhörte nicht, daß er ›ich‹ gesagt hatte anstatt ›wir‹, aber diesmal ließ ich es ihm durchgehen.

»Na ja, es ist zwar schon ein bißchen spät dafür, aber ich würde gern dein Angebot annehmen. Ich habe gehofft, daß du dir mal den Vertrag anschauen könntest, um zu sehen, ob es vielleicht ein Schlupfloch gibt. Meine Zeit ist zwar fast um, aber ich fürchte, daß die von ihrer Verlängerungsoption Gebrauch machen werden, dann hänge ich hier weitere drei Jahre fest.«

»Sag es mir nicht, laß mich raten«, meinte ich grimassierend. »Eine Verlängerungsoption hat nur die Gegenseite. Du hast da nichts zu sagen. Stimmt's?«

»Stimmt. Woher wußtest du das?«

»Ach, einfach nur Glück gehabt beim Raten. Ich habe mir gedacht, daß das ganz nett zur ›Kündigungsausschlußklausel‹ passen würde. Und *ich* habe mal geglaubt, daß die Sklaverei verboten wäre …«

»Was hast du dieser Tage eigentlich so für Pflichten, Ganzfix?«

Skeeve hatte auf dem Sofa gegrübelt und nichts gesagt, bis er mich mit seiner Frage unterbrach.

»Viel zu tun habe ich eigentlich nicht«, räumte Ganzfix ein. »Es geht eigentlich mehr um Unterhaltung als um irgend etwas anderes. Übrigens muß ich gleich gehen. Ich muß heute nachmittag beim Spiel auftreten.«

»Beim Spiel?« wiederholte ich. »Spielen die das immer noch?«

»Oh, gewiß doch. Das macht immer noch den größten Teil des hiesigen Unterhaltungs- und Wettangebots aus. Sie spielen einfach nur nicht mehr um die Trophäe, das ist alles. Seit ihr Burschen die Einheimischen in Grund und Boden gestampft habt, ist es zwar ein weitaus weniger emotionales Spiel geworden, aber sie regen sich dabei immer noch gehörig auf. Ich muß das Unterhaltungsprogramm nach dem Spiel bestreiten. Nichts Großartiges, nur ein paar …«

Als er plötzlich abbrach, sah ich ihn scharf an, nur um festzustellen, daß er plötzlich friedlich in seinem Sessel vor sich hin schnarchte, tief und fest schlafend. Verblüfft richtete ich meinen Blick auf Skeeve.

»Schlafzauber«, meinte er augenzwinkernd. »Ich fand, das war jetzt das Passende. Schließlich habe ich den Zauber bei unserer letzten Reise hierher gelernt, als unser Freund ihn auf Tanda anwandte.«

»Willst du gar nichts mehr über den Vertrag hören, den wir für ihn brechen oder zumindest durchsehen sollen?«

»Nicht nötig. Ich habe schon genug gehört, um einen ungefähren Plan zu entwickeln.«

»Und der beinhaltet ...?«

Sein Lächeln wurde immer breiter.

»Ich gebe dir ein paar Hinweise.«

Seine Gesichtszüge schienen plötzlich zusammenzuschmelzen und sich zu verschieben ... und mit einemmal sah ich die ›Alte-Mann‹-Verkleidung vor mir, die Ganzfix bei der Arbeit bevorzugte.

»Wir wollen schließlich nicht, daß gleich zwei Ganzfixe an dem Spiel teilnehmen, nicht wahr? Wie ich die Sache einschätze, bekommen wir ihn am leichtesten aus seinem Vertrag heraus, indem ich heute nachmittag seinen Platz einnehme.«

Das gefiel mir gar nicht.

»Willst du ihn feuern lassen? Ist das nicht ein bißchen drastisch? Ich meine, wie sieht denn das dann später in seinem Lebenslauf aus?«

»Hör mal zu, Aahz«, knurrte er. »*Ich* war es, der den leichten Ausweg nehmen wollte, ihn einfach aus seinen Schwierigkeiten freizukaufen. Erinnerst du dich noch? Und *du* warst derjenige, der meinte, daß es einen anderen Weg geben müsse. Schön, jetzt habe ich einen anderen Weg gefunden. Kommst du nun mit, oder soll ich dir hinterher erzählen, wie es war?«

Das Stadion war einfach beeindruckend, egal nach welchem Maßstab man es betrachtete. Natürlich muß es beeindrucken, wenn man an die hunderttausend Leute zusammenbekommt, die alle nach Blut schreien. Ich war nur froh, daß sie diesmal nicht *unser* Blut sehen wollten.

Allerdings gab es da einen haarigen Augenblick. Als Beamter des Stadtstaats hatte Ganzfix/Skeeve zwar freien Eintritt, ich aber, der ich als ganz gewöhnlicher Bürger verkleidet war, mußte mir eine Eintrittskarte besorgen, um eingelassen zu werden. Das war zwar kein Problem, aber es bedeutete, daß wir für eine Weile getrennt sein würden. In dieser Zeit dämmerte es mir plötzlich, daß mein Tarnungszauber sich auflösen könnte, wenn Skeeve auch nur ein bißchen lax werden würde oder sich zu weit entfernen sollte. Das würde dann meine wahre Identität preisgeben. Als Mitglied jener Mannschaft, die die Einheimischen unangespitzt in den Boden geschlagen hatte und mit ihrer geliebten Trophäe verschwunden war, kam mir der Gedanke, daß es sicherlich gesündere Formen des Zeitvertreibs geben könnte, als plötzlich inmitten von Tausenden aufgestachelter Spielfans enttarnt zu werden. Glücklicherweise brauchte ich mich nicht von der Richtigkeit meiner Befürchtungen zu überzeugen. Skeeve hing in der Nähe herum, bis ich Einlaß gefunden hatte, dann gingen wir zusammen weiter. Allerdings wurde mir bei dieser Gelegenheit klar, wie sehr ich mir angewöhnt hatte, mich auf die Fähigkeiten des

Jungen zu verlassen, seitdem ich meine eigenen Kräfte eingebüßt hatte.

Ganzfix/Skeeve war offensichtlich weithin bekannt, und viele der Fans riefen ihm Begrüßungen zu, als wir ins eigentliche Stadion traten. Diese Grußworte waren allerdings alles andere als schmeichelhaft.

»Ganzfix! Wie geht es, alter Furz?«

»Hallo, Ganzfix! Ziehst du heute wieder denselben Trick ab?«

»Klar tut er das! Vielleicht kriegt er ihn diesmal sogar hin!«

Jeder dieser Schmährufe wurde natürlich vom entsprechenden »Ha-ha-ha«-Geblöke begleitet, wie es nur Fans zustande bringen, die bereits Tage zuvor mit dem Trinken begonnen haben, um sich auf *ihre* Rolle beim Spiel vorzubereiten. Ganzfix mochte eine solche Behandlung zwar gewöhnt sein, aber es war schon sehr lange her, seit jemand derartig mit dem Großen Skeeve geredet hatte, und ich bemerkte, wie sich ein gefährliches Glitzern in seinem Auge zu zeigen begann, was nichts Gutes für jene verhieß, auf die er irgendwann seine Aufmerksamkeit richten sollte.

Das Spiel selbst war sogar eher angenehm. Es macht sehr viel mehr Spaß, zuzusehen, wenn man nicht selber zu denjenigen gehört, denen man auf dem Feld das Gehirn aus dem Kopf schlägt. Ich ertappte mich dabei, wie ich gelegentlich hervorragende Spielzüge bejubelte und die sich einmischenden Schiedsrichter ausbuhte, genau wie der Rest der verrückten Menge.

Ganzfix/Skeeve dagegen verharrte in unheilschwangerem Schweigen. Das empfand ich im Laufe des Nachmittags als immer ennervierender. Ich kannte ihn gut genug, um zu wissen, daß er etwas im Schilde führte. Was ich jedoch nicht wußte, waren die präzisen Einzelheiten des ›Was‹ und ›Wann‹. Als das Spiel seinem Ende entgegenging, konnte ich mich nicht mehr beherrschen.

»Sag mal, äh, Skeeve«, fragte ich und beugte mich so dicht zu ihm hinüber, daß er mich trotz des Lärms der Massen noch verstehen konnte. »Hast du deinen Plan fertig ausgearbeitet?«

Er nickte, ohne den Blick vom Spielfeld abzuwenden.

»Macht es dir was aus, mir davon zu erzählen?«

»Erinnerst du dich noch, wie ich in Possiltum gefeuert wurde?« fragte er und blickte schnell um sich, um sicherzugehen, daß niemand lauschte.

»Klar, du hast den König vergrätzt. Und?«

»Ich sehe keinen Grund, warum dieselbe Nummer nicht auch hier klappen sollte. Ich kann mir nicht vorstellen, daß die Beamten des Stadtstaats weniger pompös und von sich selbst beeindruckt sein sollten als der Monarch eines heruntergekommenen Königreichs.«

Das leuchtete ein. Und es war auch schön zu sehen, daß der Junge noch nicht alles Gefühl für Leute verloren hatte.

»Und womit willst du sie dann vergrätzen? Was soll das Thema sein? Die Art, wie sie Ganzfix behandelt haben?«

Er schüttelte den Kopf.

»Das paßt nicht in seine Rolle«, widersprach er. »Ganzfix ist nicht der Typ, der allzuviel Aufhebens um sich selbst macht. Nein, ich dachte eigentlich daran, den Kampf zum Schlüsselproblem zu machen.«

»Kampf? Welchen Kampf?«

»Den Kampf, der gleich auf dem Spielfeld ausbrechen wird«, grinste Ganzfix/Skeeve. »Wie ich es verstanden habe, waren die beiden Mannschaften schon seit über fünfhundert Jahren Erzrivalen. Ich kann einfach nicht glauben, daß sie *alle* alten Rechnungen vergessen haben sollen, nur weil die Regierung gewechselt hat.«

»Ich weiß nicht, Partner. Bisher war es ein ziemlich sauberes Spiel. Außerdem ist es ohnehin schon ein reichlich rauher Kontaktsport. Wie soll da noch ein Kampf entstehen?«

»Bei dem Kontakt dreht es sich hauptsächlich um den Ball … oder um den Würfel, oder wie immer sie das Ding nennen. Das habe ich nie so richtig begriffen. In diesem späten Spielstadium sind alle Spieler zwar mächtig aufgekratzt, aber sie denken nicht mehr allzu klar, weil sie sich den ganzen Nachmittag lang gegenseitig den Schädel eingeschlagen haben. Nun sieh mal genau zu.«

Er beugte sich vor, um seine Hände zu verbergen, während er mit einem Finger auf das Spielfeld deutete.

Dort gab es unter anderem zwei besonders ruppige Individuen, die einander schon den ganzen Tag lang an die Gurgel gegangen waren, sehr zum Vergnügen der Zuschauermenge. Im Augenblick trabten sie Seite an Seite den Spielfeldrand ab und warteten darauf, daß der Ball/Würfel frei wurde. Plötzlich peitschte der Arm des einen Spielers mit einer heimtückischen Rückhand seinem Rivalen ins Gesicht, schlug ihm den Helm vom Kopf und ließ ihn zu Boden stürzen. Diese Bewegung kam so völlig unerwartet und war so unnötig, daß die Massen schokkiert verstummten und reglos dasaßen. Sogar der

Spieler, der den Hieb plaziert hatte, sah verwirrt aus ... was er zweifellos auch war. Es geht doch nichts über ein bißchen streng konzentrierte Levitation, die den eigenen Gliedern völlig willkürliche Bewegungen aufzwingt, es sei denn, man weiß, was auf einen zukommt, und baut die entsprechenden Widerstände dagegen auf.

Der einzige, den der Hieb nicht erstarren ließ, war der getroffene Spieler. Wie ich schon sagte, anders als ihre formlosen Fans sind die Spieler selbst gebaut wie Ziegelmauern – und haben auch ungefähr so viel Humor. Der getroffene Spieler sprang mit einem Satz auf und stürzte sich auf seinen Angreifer. Während der sich zwar unsicher war, welche Magik sich da einen Augenblick lang seines Arms bemächtigt haben mochte, wußte er aber doch sehr genau, wie er auf Prügel zu reagieren hatte, und schon im nächsten Augenblick droschen die beiden Rivalen aufeinander ein, daß es eine helle Freude war.

Es hätte funktionieren können, doch anscheinend nahmen die beiden Mannschaften den Waffenstillstand, oder was es war, sehr ernst. Unter Zornesrufen aus den Rängen und dem Gepfeife des Schiedsrichters stürzten sie sich auf ihren jeweiligen Mannschaftskameraden und rissen die beiden auseinander.

»Schade, Skeeve«, meinte ich. »Ich dachte schon, du hättest es geschafft.«

Als ich keine Antwort erhielt, sah ich ihn an. Er hatte inzwischen die Stirn gefurcht und war immer noch bei der Arbeit.

Der angegriffene Spieler hatte sich von seinen Kameraden wieder befreit. Obwohl er immer noch ganz offensichtlich wütend war, hatte er sich doch noch unter Kontrolle, als er sich vorbeugte, um seinen Helm wieder aufzunehmen. Kaum berührte er den Helm jedoch, als dieser wie eine Kanonenkugel durch die Luft schoß und seinen vermeintlichen Gegner vom anderen Team mit voller Wucht traf. Nun sind die Helme bei diesem Spiel mit Hörnern oder Spitzen bewaffnet, und dieser bildete darin keine Ausnahme. So ging das Opfer zu Boden wie eine Marionette, der man die Fäden abgeschnitten hatte, aber nicht ohne zuvor deutliche Blutspritzer zu verteilen.

Das entschied die Sache.

Angesichts dieses neuen Angriffs auf ihren Kameraden, zu einer Zeit, da der Ball nicht einmal im Spiel war, drehte die Mannschaft des gestürzten Spielers durch und ging auf den nun unbehelmten Angreifer los ... woraufhin dessen Kameraden ihm zur Hilfe eilten.

Beide Bänke leerten sich, als die Reservespieler zur Unterstützung ihrer jeweiligen Mannschaften herbeieilten ... oder es versuchten. Denn bevor sie Gelegenheit hatten, wirklich auf Touren zu kommen, wurden beide Reservespielermannschaften plötzlich von den blau leuchtenden Gitterstäben magischer Käfige eingeschlossen, eine Anwendung, an die ich, wie ich gestehen will, vorher noch nie gedacht hatte. Anstelle der beiden frischen Mannschaften übernahm nun Ganzfix/Skeeve das Feld.

Ich hatte gar nicht gemerkt, daß er sich von meiner Seite entfernt hatte, bis ich ihn über den niedrigen Zaun hopsen sah, der die Zuschauer vom Spielfeld trennte. Für die Verkleidung eines alten Mannes, die er benutzte, war diese Bewegung ein bißchen arg geschmeidig, aber das schien niemand zu bemerken.

Es war eine rechte Freude, dem Jungen bei der Arbeit zuzusehen … vor allem angesichts der Tatsache, daß ich ihm das meiste dessen beigebracht habe, was er heute kann. Ich mußte zugeben, daß er im Laufe der Jahre ziemlich gut geworden war.

»AUFHÖREN!! DAS GENÜGT!!« brüllte er. »ICH HABE GESAGT, AUFHÖREN!!!«

Immer noch brüllend stolzierte er auf die Spieler zu, die sich gerade Einzelkämpfe auf Leben und Tod lieferten. Jene, die noch aufrecht standen, ließ er mit einer Geste zusammensacken … eine Geste, die ich als einfachen Schlafzauber wiedererkannte. Die anderen zwang er mühelos auseinander, indem er sorgfältig seine Levitationsfähigkeiten nutzte. Zwei der Spieler, die gerade miteinander rangen, trennte er nicht nur, sondern ließ sie gleich zwanzig Fuß über dem Boden in der Luft schweben. Die Keilerei hörte ebensoschnell auf, wie sie begonnen hatte, und das genau im richtigen Augenblick.

Wie vorauszusehen war, hatte sich kaum der Staub wieder gelegt, als ein Trupp offiziös dreinblickender Individuen aufs Feld gestürmt kam, auf Ganzfix/Skeeve zu. Wenngleich ich auch meine magischen Kräfte eingebüßt habe, hat mein Gehör doch nicht darunter gelitten, und so konnte ich den folgenden Austausch mühelos mitverfolgen, im Gegensatz zu den ruhelosen Fans um mich herum auf den Rängen.

»Ganzfix, Ihr … wie könnt Ihr es wagen, das Spiel derart zu unterbrechen?«

»Spiel?« erwiderte Ganzfix/Skeeve kühl und verschränkte dabei die Arme. »Das war kein Spiel, das war ein Kampf … obwohl ich durchaus verstehe, daß Ihr Schwierigkeiten habt, dies zu unterscheiden.«

»Ihr habt kein Recht, das … Laßt sie runter!«

Letztere Ermahnung wurde von einer Geste begleitet, mit der der Sprecher auf die schwebenden Spieler zeigte. Skeeve für seinen Teil gestikulierte zwar nicht, aber plötzlich stürzten die beiden Spieler mit knochenzermalmendem Aufprall zu Boden, der den Zuschauern dieselben »Ooohhhhhs« entrang wie ein richtiger Hieb in einem richtigen Spiel.

»Und was meine Rechte angeht«, verkündete Ganzfix/Skeeve, ohne sich umzublicken, »so bin ich vertraglich dazu verpflichtet, meine magischen Kräfte einzusetzen, um den Frieden in Veygus und Ta-hoe zu wahren. Dazu gehört es meiner Auffassung nach, daß ich auch Handgemenge beende, wenn ich auf welche stoßen sollte ... und das habe ich soeben getan. Zu diesem Zweck erkläre ich das Spiel auch hiermit für beendet. Der gegenwärtige Punktestand gilt als Endergebnis.«

Damit begannen die Energiekäfige samt Inhalt wieder in ihren jeweiligen Tunnels zu verschwinden. Es bedarf wohl keiner besonderen Erwähnung, daß die Zuschauer damit nicht gerade einverstanden waren.

»Das ... das könnt Ihr nicht!« kreischte der offizielle Sprecher inmitten eines immer lauter werdenden Schwalls von Buhrufen, die von den Rängen kamen. »Das aufregendste Spiel findet doch gerade in den letzten Minuten statt!«

Als grandiose Abschlußgeste ließ Ganzfix/Skeeve die gestürzten Spieler vom Feld in ihre Mannschaftskabinen zurücklevitieren.

»Ich habe es aber getan«, sagte er. »Und ich habe es auch jedesmal wieder vor, wenn dieses barbarische Spiel außer Kontrolle geraten sollte. Mein Vertrag steht bald zur Verlängerung an, und da habe ich gemerkt, daß ich in letzter Zeit meine Pflichten etwas lax ausgeübt habe. Daher wollte ich Euch daran erinnern, wen Ihr da eigentlich auf Eurer Lohnliste stehen habt. Wenn Euch das nicht paßt, könnt Ihr mir immer noch kündigen.«

Ich lächelte und schüttelte anerkennend den Kopf. Das Kind war wirklich großartig! Wenn sie Ganzfix jetzt nicht feuerten, weil er am Lieblingsvergnügen dieser Dimension gerüttelt hatte, dann wußte ich auch nicht mehr weiter.

»Du hast das Spiel für beendet erklärt?«

Das war Ganzfix, wie er seine Anerkennung für Skeeves Hilfe ausdrückte. Wir waren wieder bei ihm zu Hause, hatten die Tarnung abgelegt und den Magiker aus seinem Schlaf geweckt. Anscheinend hatte er nicht mit dieser Art von Hilfe gerechnet.

»Das schien mir der sicherste Weg, um dich aus deinem Vertrag auszulösen«, meinte Skeeve achselzuckend. »Die Einheimischen scheinen ziemlich an ihrem Spiel zu hängen.«

»Daran zu hängen ... Ich bin ein toter Mann!« rief der Magiker stöhnend. »Die werden mich nicht nur feuern, die werden mich lynchen!«

Der Junge blieb ungerührt.

»Keine Sorge«, warf er ein. »Du kannst immer noch einen Tarnungszauber benutzen, um zu verschwinden, oder wir können dich auch begleiten, wenn du dich dann sicherer fühlst, bis du ...«

Es klopfte an die Tür.

»Ah. Wenn ich nicht völlig danebenliege, müßte das jetzt der Rat sein. Mach die Tür auf, Ganzfix.«

Der Magiker zögerte und warf einen Blick durch das Zimmer, als wollte er nach einem Fluchtweg suchen. Schließlich schlurfte er seufzend zur Tür.

»Da wir gerade von Tarnung sprechen, Skeeve ...«, sagte ich.

»Oh, richtig. Tut mir leid, Aahz.«

Mit einem geistesabwesenden Winken seiner Hand waren wir auch schon wieder getarnt und sahen aus wie zu Anfang, als wir gekommen waren.

»Oh! Edler Magiker! Dürfen wir eintreten? Es gibt da bestimmte Angelegenheiten, die wir ... Oh! Ich wußte ja nicht, daß Ihr Gäste habt.«

Es war tatsächlich der Rat. Pünktlich auf die Minute. Ich zwinkerte Skeeve zu, der mir daraufhin ermunternd zunickte.

»Das sind ... Freunde«, bemerkte Ganzfix lahm, als glaubte er es selbst nicht so recht. »Weshalb wolltet Ihr mich sprechen?«

Mehrere beunruhigte Augenpaare musterten uns.

»Wir ... äh ... hatten eigentlich gehofft, vertraulich mit Euch reden zu können.«

»Wir warten draußen, Ganzfix«, sagte Skeeve und stand auf. »Du brauchst nur zu rufen, wenn du uns brauchst.«

»So, das war es wohl«, meinte ich seufzend, nachdem die Tür sich hinter uns geschlossen hatte. »Ich frage mich nur, was Ganzfix wohl als nächstes tun wird?«

Skeeve lehnte sich gelassen gegen die Wand.

»Ich schätze, das ist sein Problem«, meinte er. »Schließlich war er es ja, der uns darum gebeten hat, ihn aus seinem Vertrag zu lösen. Ich vermute, daß er etwas anderes in petto hat.«

»Und wenn nicht? Was langfristige Planungen angeht, war Ganzfix noch nie ein Genie. Es wird für ihn nicht gerade einfach sein, nach einer Vertragsauflösung noch Arbeit zu finden.«

»Wie ich schon sagte, das ist sein Problem«, bemerkte Skeeve achselzuckend. »Er kann ja immer noch ...«

Die Tür ging auf, und schweigend kam der Rat herausmarschiert. Ganzfix wartete, bis alle fort waren, dann bedeutete er uns hektisch, einzutreten.

»Ihr werdet nie erraten, was passiert ist«, sagte er aufgeregt.

»Sie haben dich entlassen, stimmt's?« erwiderte Skeeve. »Komm schon, Ganzfix, komm wieder zu dir. Erinnerst du dich noch an uns? Wir sind diejenigen, die dafür gesorgt haben.«

»Nein, ich bin nicht entlassen worden. Nachdem sich ihre Wut erst einmal gelegt hatte, waren sie beeindruckt von der magischen Vorführung beim Spiel. Sie haben meinen Vertrag verlängert.«

Ich ertappte mich dabei, wie ich Skeeve anblickte, der seinerseits mich anschaute. Diese Stellung hielten wir einige Augenblicke aufrecht. Schließlich seufzte Skeeve schwer.

»Na ja«, sagte er, »dann müssen wir uns eben etwas anderes einfallen lassen. Keine Sorge, Ganzfix. Ich habe noch nie einen Vertrag gesehen, der sich nicht brechen ließe.«

»Ähhhh ... eigentlich wäre es mir lieber, wenn du das nicht tätest.«

Das verblüffte mich.

»Entschuldigung, Ganzfix. Einen Augenblick glaubte ich, du hättest gesagt ...«

»Das stimmt. Ihr müßt nämlich wissen, daß der Rat so stark beeindruckt war, daß er mir eine Gehaltserhöhung angeboten hat ... und zwar eine gewaltige. Ich glaube kaum, daß ich woanders mehr verdienen werde, vor allem nicht, wenn ich dort meine Magik vorher mal vorführen müßte. Allerdings haben wir einige Vertragsänderungen besprochen, und ich wüßte es wirklich zu schätzen, wenn ihr beide die mal durchgehen und mir sagen könntet, was mich erwartet.«

»Tut mir leid, Skeeve«, sagte ich, als wir abzogen. »Jetzt war die ganze Arbeit umsonst.«

Wir hatten schließlich Ganzfix' Vertrag durchgesehen und suchten uns nun ein ruhiges Fleckchen, von wo aus wir unbemerkt nach Tauf zurückkehren konnten.

»Eigentlich nicht. Wir haben Ganzfix' Problem gelöst, und dieser neue Vertrag stellt eine deutliche Verbesserung gegenüber dem alten dar.«

Ich hatte eigentlich die Tatsache gemeint, daß Skeeve viel Arbeit hatte leisten müssen, ohne Bezahlung dafür zu bekommen, aber ich entschied mich, mein Glück nicht dadurch überzustrapazieren, indem ich meine Feststellung näher erläuterte.

»Als wir uns draußen vor der Tür unterhalten haben, da hast du mich ein bißchen überrascht«, gestand ich. »Ich hatte fast damit gerechnet, daß du Ganzfix in unsere Mannschaft anheuern würdest, nachdem wir ihn erst einmal aus dem Vertrag geboxt hatten.«

Der Junge lachte hart und bellend.

»Schon wieder so eine Geldlösung? Keine Bange, Aahz. So verrückt bin ich nicht. Ich hätte ihm vielleicht einen Kredit gewährt, aber ihn anheuern? Ein Untalent, einen Nichtstuer wie den? In unserer Firma führen wir ein strenges Regiment, da ist kein Platz für tote Hosen ... selbst wenn es alte Freunde sind. Da wir gerade von der Firma reden, ich frage mich, ob es schon etwas Neues gibt ...«

Und so fuhr er fort, redete unentwegt über die Arbeit, zu der er jetzt zurückkehren würde. Ich hörte allerdings nicht allzu genau hin. Statt dessen wiederholte ich im Geiste etwas, was er gesagt hatte.

»Ein Untalent, ein Nichtstuer ... kein Platz für tote Hosen, selbst wenn es alte Freunde sind ...«

Vielleicht ein bißchen hart, aber durchaus überdenkenswert.

Kapitel 5

Carpe diem.
Eintagsfliegenmotto

Ich hatte nie gewußt, wie einfach doch das Kaufen ist, bis ich es mal mit dem Verkaufen versuchte. Dabei rede ich nicht von kleinen, beiläufigen Einkäufen. Ich spreche von etwas Großem ... beispielsweise von einem Casino-Hotel. Der Kauf war natürlich dadurch erleichtert worden, daß der Bauherr ... wie hieß er noch gleich? Egal ... sich in verzweifelter Lage befunden hatte. Das Ding wieder loszuwerden, war jedoch eine ganz andere Geschichte.

Ich lehnte mich in meinem Sessel zurück und starrte die Papierfluten auf meinem Schreibtisch an, versuchte im Geiste, die verschiedenen Angebote auseinanderzuhalten, nur um festzustellen, daß sie sich immer wieder miteinander vermischten. Mir ist aufgefallen, daß das besonders häufig nach Mitternacht zu passieren pflegt. Mit einem gemurmelten Fluch griff ich nach meinen Notizen.

»Noch so spät bei der Arbeit, Skeeve?«

»Wie?« fragte ich und hob den Blick. »Oh. Hallo Bunny. Was tust du denn hier zu dieser Stunde?«

»Ich könnte jetzt sagen, daß ich mir deinetwegen Sorgen gemacht habe, was auch stimmt, aber tatsächlich wußte ich nicht einmal, daß du hier bist, bis ich das Licht gesehen habe und mal hereinkam, um nachzusehen. Nein, ich wollte nur ein paar Sachen holen, die ich in meinem Schreibtisch aufbewahrt habe. Aber dafür kann ich jetzt die gleiche Frage stellen: Was tust *du* denn hier?«

Ich reckte mich ein wenig und war froh über die Unterbrechung.

»Ich versuche gerade, meine Pläne für den Verkauf unseres Freudenpalastes durchzuorganisieren. Ich werde dem Aufsichtsrat Empfehlungen geben müssen, welches dieser Angebote wir annehmen sollen, wenn wir die Sache bei unserer Monatsbesprechung durchgehen.«

Sie kam um den Schreibtisch herum und stellte sich hinter mir auf, massierte mir die Knoten aus den Schultern. Es fühlte sich wunderbar an.

»Ich verstehe gar nicht, warum du die Sache überhaupt dem Aufsichtsrat vorlegen mußt«, meinte sie. »Warum fällst du die Entscheidung nicht einfach allein? Gekauft hast du das Ganze ja schließlich auch, ohne es mit anderen abzusprechen.«

Irgendwie hatte das, was sie sagte, einen unheilvollen Unterton, aber ich genoß die Rückenmassage zu sehr, um es festzumachen.

»Diese Entscheidung habe ich allein gefällt, um uns Angebote zu erschließen ... nicht um zu verkaufen. Die endgültige Entscheidung darüber, ob wir verkaufen sollen oder nicht, und wenn ja, an wen, obliegt dem Aufsichtsrat.«

»Wenn der das zu entscheiden hat, warum bringst du dich dann halb um, um die Sache festzulegen?«

Da begriff ich, aus welcher Richtung der Wind wehte. Es war die alte ›Du-arbeitest-wieder-zuviel-Routine‹. Das bekam ich offenbar inzwischen von jedermann zu hören, oder zumindest oft genug, um das Lied auswendig zu kennen.

»Weil ich *wirklich* will, daß dieser Vorschlag angenommen wird«, sagte ich und löste mich von ihr. »Wenn es Widerstände geben sollte, will ich sicher sein, daß meine Gründe und Argumente hieb- und stichfest sind.«

Bunny kam wieder um den Schreibtisch, zögerte, dann ließ sie sich in einen Sessel plumpsen.

»Also gut, Generalprobe. Dann sag *mir* mal, warum du verkaufen willst, wenn du nichts dagegen hast.«

Ich stand auf und ging im Büro auf und ab, rieb mir mit dem Finger die Unterlippe, während ich mir meine Gedanken zurechtlegte.

»Offiziell halte ich es aus zwei Gründen für erforderlich. Erstens: Die Anlage wird schon bald ihren Neuheitscharakter eingebüßt haben, und dann werden die Besucherzahlen – und mit ihnen unsere Einnahmen – zurückgehen. Dann kann man sie noch schwerer verkaufen als jetzt, wo sie gerade voll im Trend liegt. Zweitens: Die ganze Sache ist so erfolgreich, daß andere sie imitieren werden. Nach allem, was ich bisher auf meinen ›Geschäftsessen‹ vernommen habe, gibt es bereits mehrere Pläne, entweder neue Casinos zu bauen oder Hotels in der Nähe entsprechend umzubauen. Wenn wir mit dem Verkauf zu lange warten, wird das den Markt verwässern und unseren Preis drücken.«

Bunny lauschte aufmerksam. Als ich fertig war, nickte sie.

»... und inoffiziell?«

»Wie bitte?«

»Du hast gesagt ›Offiziell, und so weiter, und so weiter‹. Das bedeutet, daß es auch Gründe dafür gibt, die du noch nicht erwähnt hast.«

Da merkte ich erst, wie müde ich geworden war. Ein solcher verbaler Ausrutscher konnte in der falschen Gesellschaft ganz schön teuer zu stehen kommen. Aber Bunny war schließlich meine Privatsekretärin. Wenn ich *ihr* nicht mehr vertrauen konnte, dann steckte ich wirklich in der Patsche.

»Inoffiziell tue ich es für Aahz.«

»Für Aahz?«

»Richtig. Kannst du dich noch an ihn erinnern? Meinen alten Partner? Nun, als wir Ganzfix diesen kleinen Gefallen getan haben, da hat er immer wegen dieser Anlage herumgestichelt. Ständig gab es Seitenhiebe, weil ich angeblich versuchen würde, ›Probleme mit Geld zu lösen‹ und darüber, daß wir ›Nie geplant haben, ein Casino zu führen‹ ... solches Zeug eben. Ich weiß zwar nicht warum, aber für mich ist es ganz eindeutig, daß ihm das Casino ein Dorn im Auge ist, und wenn es ihn glücklich macht, habe ich keine Probleme damit, es abzustoßen. So viel bedeutet es mir einfach nicht.«

Bunny hob eine Augenbraue.

»Das heißt, du verkaufst das Casino, weil du glaubst, es würde deinen alten Partner glücklich machen?«

»Das ist der beste Grund, der mir dazu einfällt«, meinte ich achselzuckend. »Bunny, seit Garkin den Tod fand, war Aahz für mich eine Mischung aus Vater, Lehrer, Trainer und Großonkel. Ich weiß schon gar nicht mehr, wie oft er meine Haut gerettet hat, meistens, indem er sich selbst zwischen mich und das, was auf mich zukam, stellte. Angesichts dessen, was ich ihm schuldig bin, scheint es mir wirklich nur eine winzige Wiedergutmachung zu sein, etwas abzustoßen, was ihm Sorgen macht, aber eine, die ich ohne mit der Wimper zu zucken leisten kann.«

»Du könntest ja mal versuchen, ihm den einen

oder anderen Auftrag zu geben«, meinte sie, die Lippen schürzend. »Wenn er etwas beschäftigter wäre, dann hätte er vielleicht nicht so viel Zeit zum Grübeln und um die Dinge zu bemäkeln, die du ohne ihn machst.«

Ich wartete einen Herzschlag zu lange, bevor ich loslachte.

»Also wirklich, Aahz ist über kleinliche Eifersucht erhaben«, sagte ich und wünschte, ich wäre mir meiner Sache sicherer. »Außerdem versuche ich ja durchaus, einen Auftrag für ihn zu bekommen. Es ist nur schade, daß Perverse ... entschuldige, Perfekter ... nicht gerade für ihre Diplomatie im Umgang mit Klienten berühmt sind.«

Da ich das Thema nicht weiter fortführen wollte, nahm ich eine Handvoll schriftlicher Angebote auf.

»Im Augenblick muß ich diese Angebote noch ein paarmal durchgehen, bis alles klar sitzt.«

»Wo liegt denn das Problem? Nimm doch einfach das beste, und die Sache ist erledigt.«

Ich schnitt eine verbitterte Grimasse.

»So einfach ist das nicht. Einige dieser Angebote kann man ebensowenig vergleichen wie Äpfel mit Birnen. Der eine bietet uns eine Gewinnbeteiligung an ... Ein anderer will einen hohen Kaufpreis zahlen, den aber nur ratenweise ... Eine Handvoll Angebote wollen uns nicht nur Bargeld sondern auch Beteiligungen an anderen Firmen dafür geben ... Es ist nicht so einfach zu entscheiden, welches tatsächlich das beste ist.«

»Vielleicht kann ich dir helfen«, meinte Bunny und griff nach dem Stapel mit den Angeboten. »Ich habe relativ viel Erfahrung mit der Beurteilung von Angeboten.«

Doch ich legte meine Hand auf den Stapel und hielt sie davon ab, ihn zu nehmen.

»Danke für dein Angebot, Bunny, aber das mache ich lieber selbst. Wenn ich schon Präsident sein soll, dann muß ich auch lernen, mich nicht immer nur auf andere zu verlassen. Wenn ich mich wirklich auf mich selbst verlassen können will, kann ich nicht alle Arbeit auf meine Mitarbeiter abwälzen.«

Sie zog die Hand langsam zurück und ihr Blick suchte den meinen, als sei sie nicht sicher, mich wiederzuerkennen. Ich merkte, daß sie aufgewühlt war, daß sie aber, als sie noch einmal überdachte, was ich gesagt hatte, nichts an meiner Einstellung aussetzen konnte. Zu müde, um die Angelegenheit auf der Stelle zu bereinigen, beschloß ich, das Thema zu wechseln.

»Aber wenn du schon da bist, könntest du mir vielleicht einen kurzen Überblick geben, was morgen alles anliegt? Ich möchte ganz gern klar Schiff machen, damit ich mich um diese Sachen hier kümmern kann.«

Was immer ihr Sorgen gemacht haben mochte, es verschwand sofort, als sie wieder ganz zur kompetenten Sekretärin wurde.

»Das einzig Dringende ist das Einteilen einer Mannschaft für einen Bewachungsjob. Der Klient besitzt eine wertvolle Ladung, die wir morgen abend sichern sollen.«

»Wachdienst?« Ich runzelte die Stirn. »Ist das nicht ein bißchen tiefgestapelt für uns?«

»Das habe *ich* auch gedacht«, lächelte sie lieblich, »aber du warst anscheinend anderer Meinung, als du den Auftrag vor zwei Wochen angenommen hast. Ein Gefallen für irgendeinen deiner Partner beim Mittagessen. Erinnerst du dich noch?«

»Ach ja, richtig. Na, ich schätze, das kann Gliep erledigen. Schick ihn rüber ... Und Nunzio soll mitgehen und ein Auge auf ihn halten.«

»In Ordnung.«

Als sie gehen wollte, blieb sie in der Tür zögernd stehen.

»Was ist mit Aahz?«

Ich hatte mich bereits wieder in die Angebote gestürzt und mußte mir Mühe geben, um meine Aufmerksamkeit wieder auf das Gespräch zu richten.

»Was ist mit ihm?«

»Nichts. Vergiß die Frage.«

Kein Zweifel: Meine Mitarbeiter begannen langsam, sich sehr seltsam zu verhalten. Kopfschüttelnd machte ich mich wieder über die Angebote her.

GLIEPS BERICHT

Immer, wenn ich mich mit meinem Kollegen von der Drachenzunft zu unterhalten pflegte und die Sprache dabei auf Haustierhaltung kam, begann daraufhin ein Streitgespräch über die relativen Vor- und Nachteile menschlicher Haustiere. Die Überlieferung achtend, habe ich während solcher Sitzungen stets Schweigen bewahrt, da ich das jüngste Mitglied und daher verpflichtet war, von den älteren zu lernen. Es wäre jedoch falsch zu glauben, daß dies ein Hinweis darauf sei, daß ich selbst keine Meinung über das Thema hätte. Ich verfüge im Gegenteil über zahlreiche, wohlentwickelte Theorien, was auch der Hauptgrund dafür ist, weshalb ich die Gelegenheit willkommen hieß, sie zu überprüfen, indem ich mir ein so junges und doch schon weitgereistes Exemplar wie Skeeve zulegte, als ich im begegnete. Im Laufe meiner Ausführungen werden Sie bemerken … doch ich eile mir selbst voraus. Immer mit dem Anfang beginnen, das ist für wohlorganisierte Organismen mit guten Manieren die korrekte Vorgehensweise. Ich bin jenes Wesen, das Sie in diesen Bänden kennengelernt haben, als …

»Gliep! Komm her, Bursche.«

Das ist Nunzio. Der ist weder wohlorganisiert, noch besitzt er gute Manieren. Konsequenterweise entscheide ich mich dazu, ihn zu ignorieren, wie ich es so häufig tue, wenn ich mit Skeeve und seiner reichlich zweifelhaften Schar von Kumpanen zu tun habe. Doch wirft die Sache eine interessante Frage auf, die ich wohl besser jetzt behandle, bevor ich fortfahre.

Wie gerade so grobschlächtig festgestellt wurde, bin ich unter diesem besonderen Haufen von Menschen wie auch den Lesern dieser Bände unter dem schlichten Namen Gliep bekannt. Der Bequemlichkeit halber werde ich mich weiterhin Ihnen gegenüber mit diesem Namen identifizieren, um mir dadurch die frustrierende Mühe zu ersparen, den Versuch zu unternehmen, Ihnen die Aussprache meines *richtigen* Namens beizubringen. Nicht nur, daß ich mir nicht sicher bin, ob Sie physisch überhaupt in der Lage wären, die dazu erforderlichen Laute von sich zu geben, hinein spielt auch die Tatsache, daß ich nur über eine sehr beschränkte Geduld verfüge, wenn ich mich mit Menschen abgeben muß. Zudem ist es üblich, daß Drachen sich ein Alias für diese Eskapaden zulegen. Das erspart uns Peinlichkeiten, wenn nämlich die menschlichen Chronisten in ihren Berichten über die Ereignisse die Tatsachen verdrehen sollten ... was sie auch unweigerlich tun.

Falls Sie den Eindruck haben sollten, daß ich doch bemerkenswert kohärenter klinge, als Sie es angesichts meines angeblichen Ein-Vokabel-Wortschatzes erwarten würden, so ist der Grund dafür schlicht und logisch: Erstens bin ich für einen Drachen noch recht jung, und unsere Stimmbänder sind jener Körperteil, der sich am spätesten entwickelt. Wiewohl ich durchaus dazu in der Lage bin, mit anderen Mitgliedern meiner Art zu konversieren und zu kommunizieren, wird es doch noch zweihundert Jahre dauern, bevor meine Stimme entwickelt genug ist, um es versuchsweise mit jener besonderen Kombination von Lauten und Tonhöhen aufzunehmen, die erforderlich sind, um sich ausgiebig mit Menschen in ihrer eigenen Zunge unterhalten zu können.

Was nun meine geistige Entwicklung anbetrifft, so muß man die gewaltigen Unterschiede unserer jeweiligen Lebenserwartung mitberücksichtigen. Ein Mensch, der hundert Jahre lang überlebt, gilt schon als Ausnahme; ein Drache dagegen kann Tausende von Jahren alt werden, ohne daß seine Freunde und Verwandte ihn für alt halten. Die Implikationen dieser Feststellung sind zu zahlreich, um sie hier alle aufzuführen, doch jene davon, die uns hier angeht, besagt, daß ich zwar für einen Drachen noch recht jung sein mag, mit Sicherheit aber das älteste Mitglied jener Mannschaft bin, die sich um Skeeve geschart hat. Natürlich gebricht es Menschen an der Bildung und Lebensart meiner Rasse, so daß sie viel weniger dazu geneigt sind, auf die älteren und weiseren Köpfe in ihrer Mitte zu hören oder gar von ihnen zu lernen.

»He, Gliep! Verstehst du mich? Hierher, Junge.«

Ostentativ knabberte ich an meinem Fuß herum, als würde ich unter einem Jucken leiden. Im allgemeinen scheinen Menschen unfähig zu sein, die Feinheiten der Kommunikation zu begreifen, sonst würden sie genauer feststellen können, wenn man sie absichtlich ignoriert und erst recht, was es eigentlich bedeutet. Konsequenterweise habe ich die Technik entwickelt, angesichts einer besonders unhöflichen oder ignoranten Behauptung oder Forderung optisch wahrnehmbar zu demonstrieren, daß ich beschäftigt bin. Das bringt nicht nur ihr Geplapper zum Schweigen, es bremst auch den ständigen Abbau meiner Nerven. Bis dato erreichte diese Technik einen Erfolgsquotienten von zwanzig Prozent, was signifikant besser als alle anderen Taktiken ist, die ich bisher versucht habe. Leider handelte es sich diesmal nicht um einen von diesen Zwanzigprozentern.

»Ich spreche mit *dir*, Gliep. Kommst du jetzt endlich dorthin, wo ich dir sage, oder nicht?«

Während ich meine körperliche Entwicklung abwarte, um dazu in der Lage zu sein, die Sprache anderer Arten zu erlernen, hege ich doch ernsthafte Zweifel, daß Nunzio oder Guido jemals auch nur ihre *eigene* Muttersprache meistern werden, egal wieviel Zeit man ihnen dafür läßt. Irgendwie erinnert mich das an eine Geschichte, die mir eine meiner Tanten mal erzählte, nämlich wie sie einmal in einem fremden Land einem Menschen begegnete und ihn fragte, ob er dort autochthon sei. »Ich bin nicht autochthon!« erhielt sie zur Antwort. »Ich bin hier geboren!« Ich muß ihr darin beipflichten, daß die einzige angemessene Reaktion auf eine derartige Logik nur darin bestehen konnte, ihn aufzufressen.

Nunzio machte immer noch mit seiner quäkigen Kleinjungenstimme weiter, die einen so sehr überrascht, wenn man sie zum ersten Mal hört; nur daß er inzwischen um mich herumgeschritten war und versuchte, mich in die Richtung zu schieben, in die er vorher gezeigt hatte. Wenngleich er für einen Menschen beeindruckend kräftig ist, weise ich im Vergleich zu dem seinen doch ein hinreichend mehrfaches Körpergewicht auf, so daß ich zuversichtlich war, daß er nicht die geringste Chance besaß, mich in Bewegung zu setzen, bevor ich mich für eine Zusammenarbeit entschieden hatte. Dennoch, sein Getue war ärgerlich, und ich faßte kurz die Möglichkeit ins Auge, ihm bessere Manieren beizubringen, indem ich ihn einmal ordentlich mit meinem Schwanz durchwalkte. Natürlich entschied ich mich dagegen. Selbst die kräftigsten Menschen sind schrecklich zerbrechlich und verwundbar, und ich wollte Skeeve keinen Schmerz zufügen, indem ich einen seiner Spielgefährten verletzte. Ein derartiges Trauma hätte das Trainingsprogramm meines Haustiers um Jahre zurückwerfen können.

Ungefähr zu diesem Zeitpunkt bemerkte ich, daß Nunzios Atmung etwas schwerer ging. Da er seine geistige Unflexibilität bereits unter Beweis gestellt hatte, begann ich mir Sorgen zu machen, daß er sich noch einen Herzschlag zuziehen könnte, bevor er sein unmögliches Unterfangen aufgab. Da ich mich soeben selbst daran erinnert hatte, wie unwünschenswert sein vorzeitiges Verscheiden wäre, beschloß ich, ihm entgegenzukommen.

Ich zögerte es gerade lange genug hinaus, um mir ein wohliges Gähnen zu erlauben, dann erhob ich mich und schritt in die angezeigte Richtung ... Dabei glitt ich zunächst ein kleines Stück zur Seite, damit er beim nächsten Mal, als er sein ganzes Körpergewicht gegen mich schleudern wollte, aufs Gesicht stürzte. Denn ich überlegte mir, daß er, sollte er nicht stabil genug gebaut sein, um einen schlichten Sturz zu überleben, wohl doch nicht die geeignete Gesellschaft für mein Haustier wäre.

Glücklicher- oder unglücklicherweise (abhängig vom jeweilig eingenommenen Standpunkt) sprang er schnell wieder auf die Beine und nahm neben mir Schritt auf.

»Ich möchte, daß du dich mit der Ladung vertraut machst, die wir bewachen sollen«, sagte er, immer noch schwer keuchend, »und dann kannst du ein wenig herumwandern, um dich mit dem Gelände vertraut zu machen.«

Das schien mir ein ganz besonders dümmliches Vorhaben zu sein. Innerhalb weniger Augenblicke nach unserem Eintreffen hatte ich bereits sowohl die Ladung als auch die Umgebung überprüft, und ich war davon ausgegangen, daß Nunzio das gleiche getan hatte. So viel gab es schließlich gar nicht zu analysieren.

Das Warenlager war nichts als ein großes Zimmer ... vier Wände und eine Decke mit Trägern, von der eine Sammlung versprenkelter Lampen hinreichend ungenügendes Licht verbreitete, um überall große Schattenzonen zu erzeugen. An einer Wand befand sich eine kleine ungewöhnliche Tür, in der anderen eine große Schiebetür, die vermutlich auf ein Ladedock führte. Bis auf die Ladung in der Mitte des Raums war alles leer.

Die Ladung selbst bestand aus ein paar Dutzend Kisten, die auf einer hölzernen Palette ruhten. Meine

Nase sagte mir, daß der Inhalt der Kisten aus Papier und Tinte bestand. Weder begriff ich, weshalb Papier und Tinte wertvoll genug sein sollten, um einen Wachposten zu rechtfertigen, noch war es mir sonderlich wichtig. Drachen haben nicht viel Verwendung für Papier ... besonders nicht für Papiergeld. Eine brennbare Währung entspricht nicht unserer Vorstellung von soliden Investitionen einer Gesellschaft. Aber irgend jemand mußte der Meinung sein, daß die Ladung einen gewissen Wert besaß; wenn schon nicht der Mensch, der unsere Dienste angeheuert hatte, dann mit Sicherheit jener dort, der von Kopf bis Fuß in Schwarz gekleidet war und gerade zwischen den Trägern herumkroch.

All das hatte ich sofort begriffen, als wir das Lager betreten hatten, folglich gab es auch keinen Grund, sich zusätzliche Arbeit mit weiteren Überprüfungsmaßnahmen zu machen. Nunzio allerdings schien wild entschlossen, mich dazu zu zwingen, wiederzuentdecken, was ich bereits wußte. Selbst wenn man berücksichtigt, daß das Niveau der menschlichen Sinnesorgane des Sehens, des Gehörs, des Geschmacks, des Tast- und des Geruchssinns weit unter denen der Drachen steht, muß ich doch sagen, daß ich entsetzt war, wie wenig er allein festzustellen in der Lage war. Vielleicht wäre er zu besseren Ergebnissen gekommen, hätte er seine Aufmerksamkeit weniger auf mich gerichtet als vielmehr auf das, was um uns herum passierte. So aber war er ein hoffnungsloser Fall. Wenn Skeeve gehofft haben sollte, daß Nunzio etwas von mir lernen würde, und einen anderen Grund konnte ich mir kaum denken, ihn auf diesen Auftrag mitzuschicken, dann würde mein Haustier eine herbe Enttäuschung erleben. Abgesehen von der Tatsache, daß er sich mehr Mühe zu geben schien als andere Menschen, zu einem konstruktiven, positiven Verhältnis zu Drachen zu gelangen, so grobschlächtig und ignorant seine Versuche auch sein mochten, begriff ich selbst nicht so recht, weshalb ich ihm mit so viel Toleranz begegnete.

Wer immer sich oben zwischen den Trägern aufhielt, jetzt kam er jedenfalls näher. Nach menschlichen Maßstäben mochte er vielleicht sehr leise sein, aber mit meinem Gehör spürte ich ihn so mühelos auf, als würde er beim Kommen zwei Blechtöpfe gegeneinander schlagen, um sich anzukündigen. Als ich ihn zwei Schritte vor der Tür bereits wahrgenommen hatte, war ich noch unsicher gewesen, welche Absichten er hegte, daher war ich zur Geduld bereit, um mich erst mit Sicherheit davon zu überzeugen, ob es sich bei ihm um einen unschuldigen Außenstehenden handelte, oder ob er in der Tat an Diebstahl dachte. Seine Versuche, sich an uns heranzuschleichen, bestätigten mir, daß er zur letzteren Gattung gehörte, so inkompetent er darin auch sein mochte.

Ich versuchte, Nunzio von meinen Fähigkeiten profitieren zu lassen, indem ich meinen Kopf herumschwang und mit der Nase auf den Eindringling deutete.

»Paß gefälligst auf, Gliep!« sagte mein Idiotenschützling und riß meine Schnauze wieder in Richtung der Kisten. »*Das* hier sollen wir bewachen. Hast du verstanden?«

Ich hatte verstanden, daß Menschen entweder noch begriffsstutziger waren, als selbst die kritischsten aller Drachen meinten, was ich auch langsam zu glauben begann, oder daß dieses besondere Exemplar einen Hirnschaden besaß, was auch eine Möglichkeit war. Augenrollend sah ich noch einmal nach dem Eindringling.

Der befand sich inzwischen fast über unseren Köpfen, die Beine breit abgespreizt, auf zwei der Balken stehend. Mit großer Umsicht holte er etwas aus seinem Ärmel, hielt es sich an den Mund und richtete es auf uns.

Teil der frühen Ausbildung eines jeden Drachen ist eine Reihe von Lektionen, mit dem ihm detailliertes Wissen um menschliche Waffen vermittelt wird. Das mag sich für eine Art, die ja im Prinzip sehr friedliebend ist, etwas merkwürdig anhören, aber für uns ist es ein Gebot des reinen Überlebens ... so wie Menschen ihre Jungen unterweisen, daß Wespen stechen und daß Feuer heiß ist. Abgesehen von unserer Motivation möge es hier genügen, festzustellen, daß ich sicherlich ebensogut mit menschlichen Waffen vertraut war wie jeder Mensch, weitaus mehr natürlich noch als Menschen, die keiner militärischen oder heldischen Berufung nachlebten, und daß ich daher auch keinerlei Schwierigkeiten hatte, das auf uns gerichtete Gerät als Blasrohr zu identifizieren.

Nun verfügen Drachen nicht allein über besser entwickelte Sinnesorgane, sie besitzen auch einen Panzer, der ihnen substantiell mehr Schutz gewährt, als Menschen ihn durch ihre Haut genießen. Folglich war ich mir relativ sicher, daß das, was aus dem Schußende des Blasrohrs hervortreten würde, keine Gefahr für meine Gesundheit darstellen würde. Allerdings fiel mir dabei auch ein, daß sich das gleiche wohl nicht unbedingt von Nunzio sagen ließ, und ich hege ja, wie bereits ausgeführt, einige Skrupel, nicht alles in meiner Macht Stehende zu unternehmen, um die Gemütsruhe meines Haustiers zu erhalten, indem ich seine Kumpane beschütze.

Also riß ich mich aus Nunzios Griff, zielte kurz und gab einen Flammenstoß vom Typ VI ab. Ja, Drachen verfügen über verschiedene Flämmgrade, die von ›Marshmallow rösten‹ bis zu ›Löcher in Steine brennen‹ reichen. Das sollten Sie vielleicht im Auge behalten, wenn Sie sich das nächste Mal mit einem Drachen anlegen wollen.

Wenige Sekunden nachdem ich die Pyrotechnik wieder gelöscht hatte, rieselte ein kurzer Regen aus schwarzem Pulver auf uns herab.

»Verdammt, Gliep!« sagte Nunzio und wischte sich das Pulver aus der Kleidung. »Mach das nie wieder, hast du mich verstanden? Vielleicht lockerst du sonst beim nächsten Mal nämlich noch etwas anderes als irgendwelchen Staub ... Und schau dir nur mal meine Klamotten an! Böser Drache!«

Ich befand mich schon lange genug in menschlicher Gesellschaft, um keinen Dank zu erwarten, empfand es aber als ärgerlich, dafür getadelt zu werden, daß ich ihm just das Leben gerettet hatte. Also nahm ich all meinen Stolz und meine Würde zusammen (und das ist einiges), kehrte ihm den Rücken zu und setzte mich nieder.

»GLIEP! STEH AUF, JUNGE! GUTER DRACHE! GUTER DRACHE!«

Das klang schon besser. Ich drehte mich wieder zu ihm um, nur daß ich ihn diesmal vorfand, wie er umherhüpfte und sich dabei einen Fuß festhielt. Da es mir nicht an geistigen Gaben fehlt, konnte ich daraus deduzieren, daß es mir im Rahmen meiner Geste der Empörung gelungen war, mich auf seinen unteren Extremitäten zu plazieren. Ich kann Ihnen versichern, daß es unabsichtlich geschah, denn menschliche Füße sind ziemlich klein, und mein ausgezeichneter Tastsinn erstreckt sich nicht auf mein Hinterteil, doch im nachhinein gelangte ich zu der Überzeugung, daß es ihm recht geschah.

»Paß auf, setz du dich dort einfach hin, dann setze ich mich dort drüben hin, und wir kommen schon zurecht. Alles in Ordnung?«

Er humpelte zu einem der Kartons hinüber und nahm Platz, wobei er sich abwechselnd den Fuß massierte und die Kleider abbürstete.

Bei dem Pulver handelte es sich natürlich um die Überreste des verblichenen Eindringlings/Attentäters. Die Flamme vom Typ VI zeitigt meistens derlei Wirkungen bei Menschen, weshalb ich sie auch verwendet hatte. Wenngleich nun menschliche Bestattungssitten mir stets eine Quelle der Neugier und der Verwunderung waren, war ich mir doch halbwegs sicher, daß es nicht dazu gehörte, die eigenen eingeäscherten Überreste auf den Boden bürsten oder von einem Reinigungsdienst entfernen zu lassen. Doch wenn man schon die Schwierigkeiten bedenkt, die es mir bereitete, Nunzio ein schlichtes ›Paß auf!‹ zu vermitteln, war es wohl verständlich, daß ich beschloß, mich nicht der Mühe zu unterziehen, ihm klarzumachen, was er da gerade eigentlich tat.

Wenn die Beiläufigkeit meiner Einstellung zum Töten von Menschen etwas schockierend wirken mag, so sollte man doch dabei im Auge behalten, daß die Menschen für Drachen eine minderwertige Spezies darstellen. Man hegt ja auch keine Skrupel, Flöhe zu töten, um das Wohlergehen der eigenen Katze oder des eigenen Hundes sicherzustellen, egal was die überlebenden Flöhe von unserer grausamen

Tat halten mögen; ich für meinen Teil jedenfalls zögere nicht, einen lästigen Menschen zu beseitigen, der durch sein Handeln meinem Haustier Leid verursachen könnte. Wenigstens konzentrieren wir Drachen uns auf Individuen im Gegensatz zu den Massenschlächtereien ganzer Arten, die die Menschen als Bestandteil ihres Alltagslebens hinzunehmen scheinen.

»Weißt du, Gliep«, sagte Nunzio, nachdem er mich sorgfältig gemustert hatte, »nachdem ich eine Weile in deiner Gesellschaft verbracht habe, hören sich selbst Guidos Prahlereien noch gut an ... aber erzähl es ihm nicht weiter.«

»Gliep?«

Das war mir nur so entfahren. Wie Sie bemerkt haben werden, ist mir mein aus nur einem einzigen Wort bestehendes menschliches Vokabular nur zu bewußt, so daß ich versuche, mich so wenig darauf zu verlassen wie möglich. Die Vorstellung allerdings, ich könnte Guido irgend etwas verraten, verblüffte mich so sehr, daß diese Reaktion die Folge war.

»Nun nimm's nicht gleich so schwer«, knurrte Nunzio, der mein Wort wie immer falsch deutete. »Ich hab's nicht so gemeint. Ich bin nur ein bißchen ärgerlich, das ist alles.«

Ich ging davon aus, daß er sich auf seinen Fuß bezog. Doch dieser Mensch war zum Plaudern aufgelegt, und so sollte ich schon bald eines anderen belehrt werden.

»Ich weiß einfach nicht, was in letzter Zeit los ist, Gliep. Verstehst du, was ich meine? Auf dem Papier sieht alles so aus, als könnte es nicht besser sein, nur daß in letzter Zeit alle verrückt spielen. Da kauft der Boß erst ein Casino, das wir für jemand anderen gebaut haben, dann will er es plötzlich wieder über Nacht verscheuern. Bunny und Tanda hacken ständig aufeinander rum, und plötzlich ist Bunny ganz ruhig und deprimiert, während Tanda ... Hast du gewußt, daß sie sich neulich Geld von mir pumpen wollte? Direkt nachdem sie den Inkassojob erledigt hatte? Ich weiß nicht, was sie mit ihrer Provision gemacht hat oder warum sie den Boß nicht um einen Vorschuß bittet, oder auch, wozu sie das Geld überhaupt braucht. Einfach nur: ›Kannst du mir mit Bargeld aushelfen, Nunzio? Ohne irgendwelche Fragen zu stellen?‹, und als ich versuche, ihr meine Dienste als Vertrauensperson anzubieten, da sagt sie: ›Wenn das so ist, vergiß es. Dann frage ich lieber jemand anderes!‹ und stapft pikiert davon. Ich will dir eins sagen, Gliep, irgendwas liegt da im Busch, und ich bin nicht sicher, ob es mir gefällt.«

Er warf einige faszinierende Fragen auf; Fragen, die mir, wie ich gern zugeben will, bis dahin entgangen waren. Wenngleich ich einen gewissen Teil meines Intellekts darauf verwandt hatte, die Feinheiten menschlichen Verhaltens zu entziffern, gab es doch noch einiges an den artübergreifenden Beziehungen der Menschen zu entdecken ... besonders wenn es um andere Individuen als Skeeve ging. Wie ich so über Nunzios Worte nachdachte, wurde mir klar, daß mein Haustier mich in letzter Zeit nicht oft zu sehen bekommen hatte, was in sich selbst schon ein Bruch des üblichen Musters war. Für gewöhnlich nahm er sich die Zeit, zu Besuch zu kommen, um dann über die Probleme zu sprechen, mit denen er zu tun hatte, wie auch über die Selbstzweifel, die er empfand. Ich fragte mich, ob sein häufiger gewordenes Fernbleiben ein Nebenprodukt jenes Phänomens sein mochte, das Nunzio gerade beschrieben hatte. Das gab meinem Denken jedenfalls Nahrung, und ich nahm mir fest vor, darüber zu einem späteren Zeitpunkt sorgfältig nachzugrübeln. Im Augenblick gab es allerdings dringendere Dinge, die nach meiner Aufmerksamkeit verlangten ... beispielsweise die Leute, die gerade unter dem Fußboden einen Tunnel gruben.

Im Endeffekt hatte alles den Anschein, als sei Nunzio ebenso unfähig wie die meisten anderen Menschen, wenn es darum ging, Wache zu halten. Die machen zwar immer eine Riesenshow der Wachsamkeit und der Umsicht, wenn sie ihren Dienst antreten, aber schon binnen Stunden sind sie mehr damit beschäftigt, gegen ihre eigene Langeweile anzukämpfen, als im Auge zu behalten, was sie angeblich doch bewachen sollen. Um ehrlich zu sein, mag die Tatsache, daß Drachen länger leben, zum Teil erklären, weshalb wir so viel besser darin sind, Langeweile abzuwehren. Nach ein paar hundert Jahren schrumpfen Tage, ja sogar Wochen zu einer Zeit zusammen, die gar keinen wirklichen Eigenwert mehr hat. Selbst unsere ganz jungen Exemplare haben Aufmerksamkeitsspannen von mehreren Monaten ... manchmal sogar Jahren.

Was immer der Grund auch sein mochte, Nunzio jedenfalls plapperte unentwegt weiter über seine Besorgnis wegen des gegenwärtigen Status quo, wobei er offensichtlich das Schaben und die Schürfgeräusche völlig überhörte, die immer näher kamen. Diesmal lag es nicht allein an meinem besseren Gehör, denn das Geräusch lag durchaus innerhalb des menschlichen Hörbereichs, wenn es zugegebenermaßen auch sehr leise war. Mit *meinem* Gehör dagegen konnte ich sogar die Gespräche der Grabenden belauschen.

»Wie weit noch?«

»Pst! Ungefähr noch zehn Fuß.«

»Hör auf, ›Pst!‹ zu machen! Uns kann schon niemand hören.«

»*Ich* kann dich aber hören! So groß ist dieser Tunnel auch nicht, mußt du wissen.«

»Was machst du mit deinem Anteil vom Geld, nachdem wir das Zeug geklaut haben?«

»Erst müssen wir es mal klauen. *Danach* mache ich mir Gedanken darüber, was ich mit meinem Anteil anfange.«

Das war es, was ich hören wollte. Denn es gab ja immer noch die Möglichkeit, daß es sich einfach nur um Kanalisationsarbeiter, um fliehende Sträflinge oder irgend etwas ebensowenig Bedrohliches handelte. So jedoch waren sie Freiwild.

Ich erhob mich aus meiner sitzenden Stellung und schritt zu der Stelle hinüber, unter der sie gerade gruben.

»Es sei denn, Don Bruce will ... He! Wo gehst du hin? Komm zurück!«

Ich ignorierte Nunzios Geschrei und lauschte wieder. Genau am Ziel. Ich schätzte auf ungefähr vier Fuß Tiefe. Mit einem geistigen Feixen begann ich auf und ab zu springen, wobei ich versuchte, möglichst hart aufzutreten.

»Was tust du da? Hör auf damit! He, Gliep!«

Der Lärm, den Nunzio veranstaltete, war trivial verglichen mit dem, was man gerade vier Fuß unter mir sagte. Als ich vorhin erwähnte, daß ich zu schwer war, um von Nunzio ohne fremde Hilfe angeschoben zu werden, so wollte ich damit keineswegs andeuten, daß er kraftlos wäre. Schon die bloße Wucht eines Drachen ist ein Faktor, mit dem man rechnen muß, selbst wenn er tot ist; wenn der Drache aber lebt und denkt, dann hat man echte Probleme. Ich spürte, wie der Fußboden nachgab, und hüpfte beiseite, das Geräusch erstickter Schreie unter mir genießend.

»Jesus! Schau dir mal an, was du angerichtet hast! Du hast den Fußboden kaputt gemacht!«

Einmal mehr hatte ich weder Dank erwartet noch erhalten. Das bekümmerte mich nicht weiter, da ich im Augenblick interessierter daran war, den Schaden – oder den Mangel an Schaden – abzuschätzen, den ich dieser jüngsten Runde potentieller Diebe zugefügt hatte.

Der Fußboden – jedenfalls ein Teil davon – sackte nun einen Fuß in die Tiefe, woraus ich schloß, daß der Tunnel unter uns entweder nicht sehr hoch gewesen oder nur zum Teil eingestürzt war. Jedenfalls war in dieser Richtung nichts mehr zu hören, was wiederum bedeutete, daß die Diebe entweder tot waren oder sich unverrichteter Dinge zurückgezogen hatten. Nachdem ich mein Ziel erreicht hatte, eine weitere Bedrohung der Ladung unschädlich zu machen, widmete ich mich wieder wichtigeren Dingen. Ich gewährte Nunzios Toben allenfalls ein taubes Ohr, ließ mich zu Boden plumpsen und tat, als würde ich schlafen, während ich in Wirklichkeit eine gemütliche Analyse der Situation durchführte.

Vielleicht hatte Nunzio recht. Es lag im Bereich des Möglichen, daß mein Haustier schlecht auf seinen Statuswandel vom freischaffenden Feldarbeiter zum Chef einer ganzen Firma reagierte, so wie manche tropischen Fische darunter leiden können, wenn der pH-Wert ihres Aquariumwassers sich allzu plötzlich verändert. Ich war mir sehr wohl der Tatsache bewußt, daß die Umwelt eines Organismus aus mehr besteht als nur seiner physischen Umgebung... beispielsweise hatte die gesellschaftliche Atmosphäre häufig einen Einfluß auf das Wohlbefinden der Menschen. Sollte dem so sein, so war es meine Pflicht, etwas dagegen zu unternehmen.

Diese Frage warf allerdings das Problem auf, wie ich die erforderlichen Veränderungen durchführen sollte. Denn wann immer möglich versuchte ich, meinem Haustier seinen freien Willen zu lassen. Das heißt, ich liebte es, ihm die Illusion zu geben, als würde er seinen eigenen Kurs und seine eigenen Gefährten auswählen, ohne Einmischung von meiner Seite. Gelegentlich wich ich zwar von dieser Politik auch mal ab, etwa als sie damals dieses fürchterliche Geschöpf Markie in unser Haus schleppten, aber prinzipiell war dies für mich ein unumstößliches Dogma. Das wiederum bedeutete, daß ich, sollte ich mich tatsächlich dazu entscheiden, im Interesse Skeeves einige oder alle seiner gegenwärtigen Gefährten zu beseitigen, dies auf eine Weise würde tun müssen, sie sich nicht bis zu mir zurückverfolgen ließ. Das würde nicht nur die Illusion aufrechterhalten, daß ich mich nicht in sein Leben einmischte, sondern es würde ihm auch jene traumatische Angst ersparen, die mit Sicherheit freigesetzt werden würde, sollte er erkennen, daß ich verantwortlich für die Eliminierung eines oder mehrerer seiner Freunde war. Ja, die Sache würde beachtliche Denkanstrengungen und Überlegungen verlangen.

»Da, Bursche. Magst du ein Leckerchen?«

Letzteres sagte ein ölig aussehender Täufler, der

eine Hand mit einem Klumpen irgendeiner nicht identifizierbaren Substanz in meine Richtung ausstreckte.

Voller Schuldgefühl schreckte ich zusammen, denn ich hatte mich gehen lassen und war viel zu sehr in meine Gedanken versunken, um meine Umgebung noch mit der geforderten Wachsamkeit im Auge zu behalten. Nach den ungnädigen Gedanken, die ich über Nunzios Aufmerksamkeit gehegt hatte, stellte dies einen nicht zu entschuldigenden Lapsus meinerseits dar. Ich ignorierte das dargebotene Geschenk, hob den Kopf und sah verzweifelt um mich, um die neue Lage einzuschätzen.

Es waren drei: der eine, der gerade mit mir sprach, und die beiden anderen, die auf Nunzio einredeten.

»Ich weiß nicht recht«, sagte letzterer gerade. »Ich habe keinerlei Instruktionen darüber erhalten, daß irgend jemand die Lieferung früher abholen sollte als geplant.«

Irgendwas war hier ganz eindeutig faul. Seinen Worten und seinem Benehmen zufolge, war selbst Nunzio mißtrauisch ... was wiederum bedeuten mußte, daß der ganze Plan reichlich durchsichtig war.

»Komm schon, Junge. Nimm das Leckerchen.«

Der Täufler, der vor mir stand, klang inzwischen schon eine Spur verzweifelt, aber ich ignorierte ihn und seine Gabe weiterhin. Natürlich war sie mit Drogen versetzt. Nur weil Menschen einen großen Teil der Chemikalien nicht riechen können, gehen sie davon aus, daß es auch niemand anders kann. Das hier war nicht das Problem. Da machte ich mir schon mehr Sorgen darüber, ob Nunzio meiner Hilfe bedürfen würde.

»Ich kann auch nichts dazu, wenn bei euch der Papierkrieg durcheinandergeraten ist«, schnaubte der kleinere Täufler vor Nunzio, eine ganz gute Imitation der Ungeduld abliefernd. »Ich muß meinen Zeitplan einhalten. Schau her. Hier ist eine Kopie meiner Vollmacht.«

Als Nunzio sich vorbeugte, um das Papier anzuschauen, das der Täufler ihm zeigte, holte der andere, der hinter ihm stand, eine Keule hervor und schlug sie ihm gegen den Kopf. Das produzierte ein scharfes ›KNACKS!‹ … Doch war es die Keule, die zerbrach, und nicht Nunzios Kopf, denn letzterer war, wie ich bereits gemerkt hatte, außerordentlich dick.

»Tut mir leid, ich kann euch die Ladung nicht übergeben«, sagte Nunzio und reichte dem kurzgewachsenen Täufler das Papier zurück. Der nahm es entgegen, ohne dabei seinen erstaunten Gesichtsausdruck zu verlieren. »Diese Vollmacht ist bloß ein leeres Stück Papier!«

Über die Schulter gewandt sah er den größeren Täufler an, der immer noch dastand und seine zerborstene Keule anstarrte.

»Ich kümmere mich gleich um dich, Freund. Sobald wir die Sache mit der Vollmacht hier geklärt haben.«

Ich gelangte zu dem Schluß, daß er schon dazu in der Lage sein würde, die Dinge auf seine Art zu bewältigen, und so richtete ich meine Aufmerksamkeit wieder auf den Täufler mit dem vergifteten Lekkerchen.

Der beobachtete gerade das Gespräch auf der anderen Seite des Raumes; vor Erstaunen hing ihm der Unterkiefer herab. Mir fiel aber auf, daß er es unterlassen hatte, seine Hand zurückzuziehen.

Es gibt Leute, die doch glatt behaupten, Drachen hätten keinen Sinn für Humor. Um zu beweisen, daß dem keineswegs so ist, möchte ich Ihnen das folgende Gegenbeispiel anbieten.

Ich öffnete leicht das Maul, reckte den Hals vor und nahm das Leckerchen des Täuflers in den Mund. Tatsächlich nahm ich seine ganze Hand in den Mund – bis zum Schulteransatz. Das war nicht so gefährlich, wie es sich anhören mag. Ich achtete einfach darauf, nichts herunterzuschlucken und damit alle möglicherweise gefährlichen Wirkungen des vergifteten Leckerchens zu vermeiden.

Der Täufler wandte mir wieder den Blick zu, als er hörte, wie meine Kiefer zusammenkrachten, und wir blickten einander aus einem erheblich kürzeren Abstand in die Augen, als er erwartet hatte. Um den Effekt zu erhöhen, wackelte ich mit den Augenbrauen, während er ohnmächtig zu Boden sackte.

Komisch, nicht wahr? Soviel zum Thema ›kein Sinn für Humor‹.

Ich löste meine Kiefer wieder, zog meinen Kopf zurück, das Leckerchen und den Arm intakt zurücklassend, und sah wieder nach Nunzio.

Der größere Täufler lag inzwischen bewußtlos am Boden, während Nunzio den anderen mit einer Hand am Revers hielt und ihm beim Sprechen wie beiläufig eine Vor- und Rückhand nach der anderen verpaßte.

»Ich sollte dich den Behörden übergeben! So was von einer tolpatschigen Entführung, ihr blamiert ja noch die ganze Innung! Verstehst du, was ich meine? Hörst du überhaupt zu? Und jetzt pack bloß deine Kumpels und verschwinde, bevor ich es mir anders überlege! Und komm ja nicht zurück, bevor du dir nicht anständige Hilfe besorgt hast!«

Ich mußte zugeben, daß Nunzio einen gewissen Stil hatte – für einen Menschen. Hätte er das Glück gehabt, mit einem Gehirn geboren zu werden, so hätte aus ihm fast ein Drache werden können.

Während er damit beschäftigt war, den letzten Trupp Angreifer aus der Türöffnung zu schleudern, beschloß ich, ein paar Ermittlungen durchzuführen. Denn nach drei Versuchen, uns unserer Ware zu berauben, auch wenn Nunzio auch nur einen davon wahrgenommen hatte, wurde ich langsam ein wenig mißtrauisch. Selbst für eine für Kriminalität so anfällige Rasse wie die Menschen waren drei versuchte Raubüberfälle doch etwas Ungewöhnliches, und deshalb wollte ich mehr darüber erfahren, was wir da eigentlich genau bewachten.

Die Kisten rochen zwar immer noch nach Papier und Tinte, doch das schien mir nicht den hohen Grad an Aufmerksamkeit zu rechtfertigen, den sie auf sich gezogen hatten. So leicht, wie ich nur konnte, tätschelte ich eine der Kisten mit meinem Schwanz und drückte sie ein. Anscheinend war das nicht leicht genug gewesen, denn das Geräusch zog Nunzio an wie ein Magnet, sofort kam er herbeigesprungen.

»Was machst du denn jetzt schon wieder? Schau dir das nur an! Du hast die Kiste kaputt... He! Einen Augenblick mal!«

Er beugte sich vor, nahm einen der Gegenstände auf, die aus der Kiste hervorgequollen waren, und untersuchte ihn genauestens. Ich schlängelte meinen Hals vor, um ihm über die Schulter zu blicken.

»Weißt du, was das ist, Gliep?«

Tatsächlich wußte ich es nicht. Nach allem, was ich erkennen konnte, war es irgendeine Art Bilderbuch ... noch dazu ein ziemlich schäbiges. Jedenfalls sah es *nicht* nach irgend etwas Wertvollem aus. Bestimmt nicht nach etwas, das so viel Aufmerksamkeit verdient hatte, wie sie uns zuteil geworden war.

Nunzio warf das Buch wieder zu Boden und blickte sich nervös um.

»Das steigt mir über den Kopf«, murmelte er. »Ich kann nicht ... Gliep, paß du auf das Zeug auf. Ich bin sofort zurück. Ich muß den Boß holen ... und Guido! Ja. Der kennt sich mit diesem Zeug aus.«

Zugegebenermaßen perplex, blickte ich ihm hinterher, um dann wieder das Buch zu studieren.

Äußerst seltsam. Irgend etwas an dieser Situation entging meiner Aufmerksamkeit. In dem vergeblichen Bemühen, den Geruch von Tinte zu beseitigen, rieb ich mir mehrmals die Nase, dann legte ich mich nieder, um das Eintreffen meines Haustiers zu erwarten.

»Comic-Bücher?« Skeeve war offensichtlich genauso perplex, wie ich es gewesen war. »Diese ›wertvolle Ladung‹, die wir da bewachen, besteht aus Comics?«

»Das habe ich auch geglaubt, Boß«, meinte Nunzio. »Verrückt, wie? Was meinst du dazu, Guido?«

Guido war damit beschäftigt, eine weitere Kiste zu öffnen. Er begutachtete die obenaufliegenden Bücher, dann holte er unten aus den Tiefen der Kiste einige weitere hervor, um sich davon zu überzeugen, daß es sich um die gleichen handelte. Zwei von ihnen studierte er genauer und stieß dabei einen leisen Pfiff aus.

»Weißt du, was die wert sind, Boß?«

Skeeve zuckte die Schultern.

»Ich weiß zwar nicht, wie viele es sind, aber im

Bazar habe ich gesehen, daß man drei oder vier davon für eine Silbermünze bekommt, also können sie nicht allzuviel wert sein.«

»Entschuldige die Unterbrechung«, warf Guido ein, »aber ich meine damit nicht die täglichen Feld-Wald-und-Wiesen-Comics. Ich meine solche wie diese hier, nämlich Pferde aus einem ganz anderen Stall.«

»Ach ja?« Mein Haustier runzelte die Stirn. »Ich meine ... wirklich? Ich meine ... für mich sehen die alle gleich aus. Was macht die denn zu was Besonderem?«

»Das ist nicht so leicht zu erklären, aber wenn du mir zuhören magst, werde ich versuchen, deine Bildung ein wenig zu vervollständigen, Boß. Und das gilt auch für dich, Nunzio.«

Guido nahm eine Handvoll von den Büchern auf und setzte sich auf eine der Kisten.

»Wenn ihr euch einmal das vor euch befindliche Beweismaterial anschaut, werdet ihr feststellen, daß diese Comics zwar alle dieselben sind, also immer dasselbe Heft; in einem Rahmen auf dem Umschlag steht aber auch immer eine große ›Eins‹. Das bedeutet, daß es sich um die Erstausgabe dieses Titels handelt.«

Ich vermied es, eines der Bücher anzustarren. Wenn Guido sagte, daß der Anzeiger dort war, dann war er wahrscheinlich auch dort, und dann würde es auch nichts ändern, ihn anzusehen.

»Diese ›Eins‹ macht den Comic sofort wertvoller, sowohl für jemanden, der einen kompletten Satz haben will, als auch – ganz besonders – für einen Sammler. Nun sind manche Titel beliebter als andere, was sie besonders wertvoll macht, wichtiger aber sind Titel, die seit ihrem Ersterscheinen an Beliebtheit hinzugewonnen haben. Von denen gibt es dann gegenwärtig mehr Leser als damals, als die Serie anfing, und so treibt das Gesetz von Angebot und Nachfrage den Preis für eine Erstausgabe ins Astronomische.«

Dramatisch gestikulierte er mit einem der Bücher.

»Jeder dieser Titel hier ist zum ersten Mal vor einigen Jahren erschienen, und so ist er heute eine noch heißere Nummer als der Bursche, der die Kronjuwelen geklaut hat. Außerdem war die Erstausgabe sehr klein, was ein Exemplar davon außerordentlich wertvoll macht ... wobei die Betonung auf ›außerordentlich‹ liegt. Ich habe mit eigenen Augen ein ziemlich mitgenommenes Exemplar dieser Comics, den du gerade in der Hand hältst, gesehen, auf dem Tisch eines Händlers, der dafür satte hundertfünfzig Goldstücke verlangte. Ich will damit nicht behaupten, daß er sie auch bekommen hat, aber das hat er immerhin verlangen können.«

Nun war Skeeve an der Reihe, durch die Zähne zu pfeifen. Ich selbst war auch nicht ganz frei von dieser Versuchung, aber mit einer gespaltenen Zunge zu pfeifen, ist recht schwierig.

»Wenn das stimmt, ist diese Ladung ein Vermögen wert. Es sind ja genug davon da.«

»Und genau darin liegt das Rätsel, Boß«, meinte Guido und musterte die Kisten. »Wenn mich mein Gedächtnis nicht sehr trügt, dann wurden von der Erstausgabe nur zweitausend Exemplare gedruckt ... Aber wenn in diesen Kästen überall dasselbe drin ist, dann haben wir hier weitaus mehr Exemplare vor uns, als es eigentlich geben dürfte. Nun bin ich mir zwar unsicher, wie es dazu kommen kann, aber die

Erklärung, die sich mir aufdrängt, ist alles andere als schmeichelhaft für den Besitzer.«

»Fälschungen«, quiekte Nunzio.

Skeeve zögerte. »Was haben denn gefälschte Comics für einen Wert?«

»Genau den gleichen wie andere Fälschungen auch«, meinte Guido achselzuckend. »Man verkauft sie als Originale und sahnt das Geld ab, bevor jemand was merkt. In gewissem Sinne ist das besser, als Blüten herzustellen, denn es ist nicht so schwierig, Comics nachzumachen, und wie du siehst, sind sie pro Pfund weitaus mehr wert. Und das Papier ist auch billiger.«

Mein Haustier musterte die Ladung.

»Dann hat man uns also zu unwissenden Komplizen einer großangelegten Comic-Fälschung gemacht, wie?«

»... ja, und ohne daß wir auch nur ein klitzekleines Stückchen vom Kuchen abbekämen«, schnaubte Nunzio.

»Daran habe ich jetzt nicht gedacht«, erwiderte Skeeve kopfschüttelnd. »Ich dachte vielmehr an all die Sammler, die ihr sauer verdientes Geld hinblättern werden, um ein echtes Sammlerstück zu bekommen, das dann völlig den Wert verliert, sobald herauskommt, daß der Markt mit Fälschungen überschwemmt wurde.«

Nachdenklich rieb er sich die Unterlippe.

»Ich frage mich, für wieviel mein Essenspartner diese Ladung wohl versichert haben mag?«

»Wahrscheinlich für nicht sehr viel, wenn überhaupt«, meinte Guido. »Sonst hätte er nämlich jede Menge Dokumente ausfüllen müssen, die den Inhalt der Ladung deklarieren, und jeder Versicherungsfritze, der den vollen Wert anerkennt, würde auch die Diskrepanz zwischen der Warenstückzahl und der ursprünglichen Originalausgabe bemerken. Weißt du, Boß, das Problem mit Betrug ist, daß man immer mehr Betrügereien begehen muß, um ihn zu decken, so daß früher oder später irgend jemand doch dahinter kommen muß.«

Skeeve hörte gar nicht mehr zu, als Guido schließlich schloß. Er war damit beschäftigt, den Punkt zwischen meinen Ohren zu kraulen, ein seltsames Lächeln im Gesicht.

»Nun, ich schätze, man kann wohl nicht immer gewinnen.«

»Wie war das, Boß?«

Mein Haustier drehte sich zu ihnen um.

»Ich sagte, daß unsere Firma den Auftrag diesmal leider versiebt hat. Tut mir leid, Nunzio, aber diese Sache wird in unsere Akten als Mißerfolg eingehen. Ich kann dir nur versichern, daß es *keinen* Einfluß auf deine nächste Leistungsbilanz haben wird.«

»Das verstehe ich nicht«, meinte Nunzio stirnrunzelnd. »Was ist denn schiefgegangen?«

»Na, das Feuer, natürlich! Du weißt doch, das Feuer, das die ganze Ladung vernichtet hat, weil wir nicht aufmerksam genug waren. War das nicht schrecklich achtlos von uns?«

»Feuer? Welches Feuer denn?«

Skeeve trat beiseite und verneigte sich vor mir, wobei er mit ausladender Geste auf die Kisten zeigte.

»Gliep? Das ist doch, glaube ich, deine Spezialität, nicht wahr?«

Ich schwankte kurz, ob ich ein Feuer vom Typ IV oder vom Typ VI nehmen sollte, doch dann sagte ich mir »Was soll's!« und ließ eins vom Typ IX los. Ich gebe zu, das war ein wenig angeberisch, aber da Guido und Nunzio schon zusahen, von meinem Haustier ganz zu schweigen, war es sinnlos, an Feuerkraft zu geizen.

Sie waren beeindruckt, was auch nicht überraschend ist, weil ein Feuer vom Typ IX tatsächlich ziemlich beeindruckend wirkt. Es gab nicht einmal Nachglut, die gelöscht werden mußte, denn als ich den alten Flammenwerfer wieder abgeschaltet hatte, war nichts mehr da, was noch hätte brennen können.

Mehrere Augenblicke standen wir alle da und musterten den verkohlten Fleck auf dem Boden des Lagerhauses.

»Mann!« hauchte Guido schließlich.

»Das kannst du laut sagen«, nickte Nunzio und schlang einen Arm um meinen Hals. »Guter Drache, Gliep. Guter Drache.«

»Nun, meine Herren«, sagte Skeeve händereibend, »jetzt, da die Sache vorbei ist, können wir wieder nach ... Was ist das denn?«

Er deutete auf den eingesackten Teil des Bodens, den er zum ersten Mal bemerkte.

»Das?« quiekte Nunzio unschuldig. »Keine Ahnung, Boß. Das war schon so, als wir hierher kamen.«

Ich machte mir nicht die Mühe, auf sein Augenzwinkern zu reagieren, denn ich hatte mich bereits in tiefe Nachdenklichkeit zurückgezogen. Ich hoffte nur, daß die endgültige Analyse nicht ergeben würde, daß entweder Guido oder Nunzio einen unguten Einfluß auf mein Haustier hatten. Die Zeit würde es offenbaren.

Kapitel 6

Nicht alles im Leben ist komisch.
R. L. Asprin

Die Truppe schien sehr gut gelaunt zu sein, als sich alles zu unserer Monatsbesprechung in meinem Büro versammelte. Man tauschte in gleichem Ausmaß Gratulationen und freundliche Seitenhiebe aus, wie es der Regel entsprach, und begann, sich auf die bevorstehende Marathonsitzung vorzubereiten.

Ich war wirklich froh, daß *die anderen* guter Stimmung waren. Das würde es mir möglicherweise leichter machen zu sagen, was ich zu sagen hatte, obwohl ich es bezweifelte. Ich torkelte noch immer von dem Doppelhieb, den ich mir erst kürzlich eingefangen hatte, und nun war es meine Aufgabe, ihn an sie weiterzugeben.

Ich selbst sah der kommenden Sitzung mit einer Mischung aus Furcht und Ungeduld entgegen. Endlich setzte sich die Ungeduld durch, und ich rief die Versammlung zur Ordnung.

»Ich weiß ja, daß ihr alle gekommen seid, um über den Verkauf des Casino-Hotels zu diskutieren«, sagte ich und ließ meinen Blick über die Mitglieder der Truppe schweifen, die sich hier und dort verteilt hingeflezt hatten, »aber es ist etwas geschehen, was noch wichtiger ist. Wenn niemand etwas dagegen hat, möchte ich die Casino-Diskussion vorübergehend vertagen, um die neue Angelegenheit zu besprechen.«

Das brachte etwas Unruhe sowie verblüffte Blicke

und Achselzucken in die Versammlung. Da ich nicht von Fragen und Kommentaren abgelenkt werden wollte, fuhr ich rasch fort.

»Da liegt ein Auftrag vor ... Nein, so kann man das nicht nennen. Hier gibt es weder ein Honorar noch einen Klienten. Es ist nur etwas, von dem ich meine, daß unsere Firma sich daran beteiligen sollte. Ich glaube nicht, daß ich irgend jemandem von euch befehlen kann, mitzumachen ... Ich sehe nicht einmal einen Sinn darin, darüber abzustimmen. Das Ganze muß auf individueller und freiwilliger Basis geschehen.«

Tanda hob die Hand. Ich nickte ihr zu.

»Erfahren wir vorher, worum es geht, oder sollen wir uns blindlings freiwillig melden?«

Eine Weile suchte ich nach passenden Worten, dann gab ich es auf. Anstatt etwas zu sagen, schob ich ihr die kleine, längliche Kiste zu, die auf meinem Schreibtisch stand. Mit gerunzelter Stirn musterte sie sie, sah mich an, hob sie auf und öffnete den Deckel.

Ein Blick ins Innere genügte, und sie hatte verstanden. Sie sank in ihrem Sessel zurück, unsere Blicke trafen sich für einen Augenblick; dann schüttelte sie den Kopf und stieß einen leisen Pfiff aus.

»Sagt mal, ist das eine rein private Horrorshow, oder dürfen andere auch mitmachen?« grollte Chumly vom anderen Ende des Büros herüber.

Zur Antwort hielt Tanda den Kasten hoch und legte ihn schräg, so daß jeder den Inhalt erkennen konnte. Darin befand sich ein abgeschnittener Finger, um genau zu sein, der Finger einer Frau. Am Finger stak ein ganz besonders schrill aussehender Ring.

Nun setzte ein langes Schweigen ein, während die

Versammlung diese Botschaft verdaute. Dann räusperte sich Massha.

»Was kostet der Ring denn allein?« scherzte sie, aber ihr Tonfall machte deutlich, daß sie nicht damit rechnete, daß jemand lachen würde.

Das tat auch niemand.

»Ich verstehe das nicht, Boß«, knurrte Guido. »Soll das ein Scherz sein oder so was?«

»Beim großen Finale waren du und Nunzio nicht dabei, Guido«, sagte ich. »Erinnerst du dich noch an Königin Schierlingsfleck? Damals, auf meiner Heimatdimension Klah?«

»Klar«, nickte er. »Die Tussi war ganz in Ordnung ... allerdings ein bißchen komisch gepolt.«

»Ich schätze, das hing wohl eher davon ab, auf welcher Seite ihrer Gunst man gerade stand«, bemerkte Tanda trocken und warf die Schachtel wieder auf den Tisch.

Ich ignorierte sie.

»Bunny, du warst damals nicht dabei, deshalb ...«

»Ich habe einiges durch Gespräche mit Chumly mitbekommen«, winkte sie ab.

»Na schön. Königin Schierlingsfleck hatte einen interessanten Plan, den sie in die Tat umsetzen wollte, nachdem sie Rodrick geheiratet hatte: Sie wollte die militärische Macht von Possiltum mit dem Reichtum ihres eigenen Königreichs Sackgaß vereinigen, um sich ihren Lebenstraum zu erfüllen, nämlich die Welt zu erobern. Natürlich hatte sie auch vor, Rodrick umzubringen, sollte er sich irgendwie gegen diesen Plan stellen.«

Ich nahm die Schachtel und spielte damit.

»Ich meinte, ich hätte sie aufgehalten, indem ich Rodrick Trauringe gab, von denen beide glaubten, sie würden ihr Leben zusammenschmieden, Ringe nämlich, die nicht abgehen. Der in dem Kasten gehört ihr ... natürlich mußte sie sich den Finger abschneiden, um ihn loszuwerden. Damit hatte ich nicht gerechnet.«

»Ich vermute, daß ihr Traum ihr wohl wichtiger war als ihr Finger«, sagte Chumly grimassierend.

»So sieht es aus«, nickte ich. »Und nun ist sie losgelassen, mit einer Armee, die wir ihr unabsichtlich lieferten, als ich noch Hofmagiker von Possiltum war. Ich mag vielleicht nicht der allergrößte aller Militärexperten sein, aber ich glaube kaum, daß es irgend etwas auf Klah gibt, was sie noch aufhalten könnte ... es sei denn, unsere Firma steigt in das Spiel ein.«

»Was ich nicht begreife«, sagte Chumly, »ist, warum sie uns durch diese Botschaft von der Situation in Kenntnis setzt. Wäre es nicht besser für sie, wenn sie keinen Widerstand bekommt?«

»Erkennst du denn keine Herausforderungen mehr, großer Bruder?« Tanda seufzte. »Fehdehandschuhe sind aus der Mode, also gibt sie uns den Finger.«

»Ihr scheint alle eine viel höhere Meinung von dieser Königin zu haben als ich«, meldete sich Massha zu Wort. »Für mich sieht das eher aus wie eine Einladung zu einem Besuch in der Falle. Wenn ich mich richtig erinnere, war die alte Schierlingsfleck nicht gerade gut auf uns zu sprechen, als wir fortgingen. Wir wissen ja nicht einmal, ob sie ihren Plan nicht vielleicht inzwischen umgesetzt hat ... in dem Fall würden wir dann wohl das Hauptunterhaltungsprogramm bei den Siegesfeierlichkeiten abgeben.«

Das war mir noch gar nicht eingefallen. In letzter Zeit schien ich manches zu übersehen.

»Du könntest recht haben, Massha«, meinte ich. »Selbst im allerbesten Fall bin ich mir nicht sicher, daß wir irgend etwas dagegen ausrichten können. Deshalb stelle ich es auch zur Diskussion. Klah ist meine Heimatdimension, und ich war es auch, der zu dem Problem beigetragen hat, deshalb ist mein Urteil auch befangen. Es handelt sich in vielerlei Weisen um ein persönliches Problem, und ich kann nicht erwarten, daß ein anderer ...«

»Nun rede die Sache mal nicht zu Tode, heißer Matz«, unterbrach Massha. »Du bist unser anangefochtener Anführer, durch dick wie durch dünn. Also nichts wie drauf! Wir stehen hinter dir.«

Ich schüttelte den Kopf und hob beschwichtigend eine Hand.

»So einfach ist das nicht. Zum einen will ich nicht, daß sich die ganze Gruppe hier festlegt, so daß jemand, der dagegen ist, sich als Ausnahme abgestempelt sieht oder bei etwas mitmachen muß, womit er nicht einverstanden ist. Deshalb habe ich ja auch um individuelle Freiwillige gebeten ... wobei niemandem ein Strick daraus gedreht werden wird, der nicht mitmachen will. Zweitens ...«

Jetzt kam der schwierige Teil. Ich atmete tief durch und stürzte mich hinein.

»Zweitens werde ich selbst nicht dabei sein. Es ist nämlich etwas vorgefallen, das gegenüber Königin Schierlingsfleck Priorität hat. Aber wenn sie auch mir persönlich nicht so wichtig sein mag ...«

»Hoppla! Schluß mit dem Gegeige!« rief Tanda. »Ich möchte hören, was das für eine heiße Sache ist, die da du ganz nebenbei abwickeln willst. Was kann dir denn noch wichtiger sein, als deine eigene Heimatdimension zu verteidigen?«

Ich wich ihrem Blick aus.

»Es ist eigentlich kein Geschäft und auch kein Job. Es ist … es ist etwas Persönliches. Etwas, was ich nicht delegieren kann. Ich muß es allein bewältigen.«

»Dann erzähl es uns«, verlangte sie und verschränkte die Arme. »Wir gehören zur Familie. Meinst du nicht, daß wir wenigstens das Recht haben zu erfahren, was der Kopf unserer Operation gerade tut, während wir woanders einen Krieg für ihn führen?«

Ich hatte ja geahnt, daß ich die Sache nicht unbemerkt vorbeischleusen konnte. Seufzend ließ ich die zweite Bombe platzen.

»Schaut euch doch mal im Zimmer um«, sagte ich. »Fällt euch gar nicht auf, daß etwas fehlt?«

Eine kurze Pause, während alle sich umsahen. Es dauerte beschämend lang, bis sie es merkten.

»Aahz!« sagte Chumly schließlich. »Aahz ist ja gar nicht da.«

»He, stimmt ja«, meinte Massha blinzelnd. »Habe ich mir doch gleich gedacht, daß die Versammlung ein wenig zu ruhig ist. Wo ist denn der alte Grüne Schuppige?«

»Verschwunden.«

Es dauerte einen Augenblick, bis sie begriffen, was ich gesagt hatte. Dann starrten alle einander schokkiert und stumm an.

»Heute morgen lag die Nachricht auf meinem Tisch«, fuhr ich fort. »Es ist sein Kündigungsschreiben, mit dem er seinen Austritt aus unserer Firma erklärt. Anscheinend hat er das Gefühl, daß er für uns ohne seine Kräfte nur noch Ballast ist … jemand, der nur Platz wegnimmt, ohne sich seinen Lohn zu verdienen. Er hat seine Sachen gepackt und ist verschwunden, zurück nach Perv.«

Ich ließ das Papier wieder auf den Schreibtisch fallen.

»Deshalb werde ich mich auch nicht persönlich um Königin Schierlingsfleck kümmern. Ich gehe nach Perv ... um Aahz zu suchen.«

Der Raum explodierte.

»Nach Perv?«

»Du machst wohl Witze, heißer Matz!«

»Aber, Boß ...«

»Skeeve, du kannst doch nicht ...«

»Hör mal, Skeeve. Was ist denn, wenn er gar nicht zurückkommen *will*?«

Auf diesen letzten Kommentar ging ich ein. Wie üblich, war es Chumly mal wieder gelungen, den Nagel auf den Kopf zu treffen.

»Wenn er nicht zurückkommen will ... Nun, dann habe ich es immerhin versucht. Ich muß wenigstens mit ihm reden. Wir waren viel zu lange zusammen, um die Sache mit einem einzigen Brief abhaken zu können. Ich gehe nach Perv, um mit ihm von Angesicht zu Angesicht zu sprechen ... Und noch etwas: Ich gehe allein.«

Eine weitere Protestwelle durchflutete den Raum, doch ich unterbrach sie.

»Wenn ihr Königin Schierlingsfleck aufsucht ... Entschuldigung, *falls* ihr Königin Schierlingsfleck aufsucht, werdet ihr alle Kräfte brauchen, die ihr zur Verfügung habt. Es ist ja wohl schon schlimm genug, daß ich selbst nicht dabei sein kann. Zersplittert eure Kräfte also nicht noch mehr. Und außerdem ...«

Da geriet meine Stimme etwas ins Stocken.

»Das ist mein Problem ... Ich meine, es ist *wirklich* nur mein Problem. Ich habe ziemlich viel nachgedacht, seit ich diese Nachricht gelesen habe, und bei diesem Problem geht es noch um mehr als nur um Aahz allein.«

Ich ließ den Blick über die Versammlung schweifen.

»Ich bin in letzter Zeit ziemlich damit in Beschlag genommen worden, Präsident zu sein. Es war schwierig, zu ... Ich habe versucht, dem Vertrauen gerecht zu werden, das ihr alle in mich gesetzt habt, indem ich den Laden möglichst gut zum Laufen bringen wollte. Das hat aber dazu geführt, daß ich äußerst spärlich mit meinem ›Danke‹ und meinem ›Gut gemacht, Jungs‹ geworden bin, und außerhalb unserer rein geschäftlichen Beziehung habe ich mit allen von euch fast den Kontakt verloren. Aahz war jahrelang mein bester Freund, und wenn der schon ... sagen wir mal, daß ich dort ebensosehr nach mir selbst suchen werde wie nach Aahz.«

Als ich fertig war, herrschte Totenstille im Raum. Falls ich darauf gehofft haben sollte, daß jemand gegen meine Analyse Protest einlegen würde, hatte ich mit dem falschen Publikum gerechnet. Plötzlich drängte es mich sehr, die Sitzung zu beenden.

Ich räusperte mich.

»Ich nehme mir Urlaub, um Aahz zu suchen. Dazu bedarf es weder einer Diskussion, noch wäre eine solche statthaft. Die anliegende Frage aber lautet, ob unsere Firma es unternehmen will, Königin Schierlingsflecks Versuch der Machtergreifung auf Klah zu vereiteln. Irgendwelche Freiwilligen?«

ENDE

Band 20 182

Robert Asprin

Drachenfutter

Deutsche Erstveröffentlichung

Skeeve, der junge Zauberlehrling, hat seinen Meister gefunden – ausgerechnet den Dämonen Aahz, ein grünhäutiges Monster, das sich als recht gutmütig erweist, allerdings eine unangenehme Eigenschaft hat: Es übt eine magische Anziehungskraft auf Schwierigkeiten aller Art aus. Überaus turbulente Lektionen sind damit für den tapferen Skeeve garantiert. Doch damit nicht genug. Bald hat der junge Magiker noch ein Einhorn, ein schönes Mädchen und einen vorlauten Drachen am Hals – und einen Job, bei dem auch der beste Zauberer nur auf eine Art enden kann: als Drachenfutter.

ROBERT ASPRINS ›Dämonen‹-Serie – die wildesten, unglaublichsten und aberwitzigsten Reisen durch alle Dämonsionen der Fantasy. Das sicherste Mittel gegen Frust und Langeweile!

BASTEI LÜBBE

Sie erhalten diesen Band im Buchhandel, bei Ihrem Zeitschriftenhändler sowie im Bahnhofsbuchhandel.